基督的臉

喬林詩集

喬林——著

新版序

這本詩集一九七三年四月由(台北)林白出版社出版，距今已逾四十多年，早已絕版。最近在陳年的資料堆裡翻找文件，遇見前輩詩人杜潘秀格寫給我的短箋，告訴我很想再讀《基督的臉》，但我前送她的找不到，問我可否再寄一本給她。因我沒有寫日記的習慣，因此也不記得那時有無存書?寄給了她否?前年有一少婦讀者告訴我她的一位女教友，讀了〈基督的臉〉一詩後情不自禁的兩眼垂淚。又，多位資深詩人在初見面，也提及他們在高中時對此詩集詩法、詩想的驚動。另者，最近一位年青的文學史料工作者，很高興的告訴我他在舊書店買到這本詩集。再之同輩詩友也幾次建議我應該重印面世，不該讓它如煙般消失。以上種種，促成了我這次重印的行動。

在重印之際，有必要把當時的寫作時空境況做一說明。

在寫這本詩集前，我已有約十年的詩齡，寫作作品已入選多部選集。在當時預告了要將那些作品結集出版四、五十首成冊的《象徵集》、《煙的眼睛》、《精緻的喟嘆》三本詩集，因我早期都在高山上從事開闢公路工程，工程處所要做詩集編輯工作實在不方便，因此這三本詩集就食言沒出版，留待以後再說。《基督的臉》這本詩集還是承蒙林煥彰兄熱心全力代勞才得出版。

《基督的臉》與之前詩作，承蒙前輩詩人陳千武與錦連先生譯介多首在日本詩誌登出，有一首詩（已找不到），據陳千武先生轉述，在日本靜岡縣立中央圖書館主持現代詩library的詩人高橋喜久晴先生，讀了後極受震撼。一九六七年，高橋先生獲得美國亞洲財團研究費來台研究「台灣文學與詩」，在台北、台中、台南三處與台灣詩人座談與演講。由陳千武先生接待，並事先通知陳千武先生邀我與之見面，高橋先生與陳千武先生年齡相近，一到台中豐原歡迎晚宴會場，陳千武先生便帶我引見高橋先生，高橋先生給了我一個擁抱，並要我當他的乾弟弟。

那時期一些激進的畫家與詩家走得很親近，畫家激進的追求抽象畫的新視覺刺激，詩家則是激進的要超越象徵主義、自由詩，詩人各自試探著多種西方現代派的寫法，諸如意象派、超現實主義、圖象詩等等。因詩式、詩語的開創性躁進過猛，而有詩作與讀者間詩意的連通不良，以致詩境的揭露過程，出現了類似幻覺囈語的晦澀難讀。這現象的成因一方面是西方現代詩畫風潮盛行，一方面是在管制甚嚴的反共文藝政策氛圍下，適時讓創作者發現到有了話語的禁忌突圍出口。如我在空軍服役時，壁報裡所繪的戰機不能繪成向下俯衝，這是禁忌，而必須向上飛。因此畫家在抽象畫裡可以去除了可以看得見的具象，詩家在詩裡可以採迂迴戰術躲去直說的被置疑。

但在激進詩人超英趕美的大躍進下，意象開始出現泛濫，文法開始出現失序，詩的本體性被忽略棄守，以致寫詩者以及關心詩文學者有了閱讀上迷障，不知詩意的傳輸系統如何邏輯的連起，不知詩境何處去。此正是方塊作家言曦先生一九五九年在其《中央日報》副刊連續四天的方塊文章裡，以新詩的語言為題發難的〈新詩閒話〉所言，現代詩有如「醉漢的夢囈」、「鉛字的任意的排置」、「詰屈聱牙的散文的分列」。甚至有人說：「如打翻了鉛字架，從地上隨便撿起的排印。」也由此掀起了一場對現代詩的進展居功甚偉的「新詩語言」論戰，我也在《青年雜誌》站在現代詩人的一邊寫了一篇二千多字的〈談詩創作行為的認識〉為詩人辯護。雖然那時期我在詩性、詩式的思維上較趨向意象派的寫法，但也盡想些奇招，雖然在完稿後我會脫身以讀者的身份來檢試讀者可能接受狀況，避免晦澀難讀。不過「新詩語言」的論戰，還是提醒了我對詩體及詩的意味的妥善性反思。

一九六九年我轉入榮民工程處工作，被派駐在台東縣海端鄉山上的霧鹿村下馬部落，施築南部橫貫公路東段工程。監工站的辦公室及寢室就借用霧鹿國小下馬分校操場靠邊坡處的空地建屋，離部落有一大段距離，坡下就是工地。因工程是以人工施做，進度較機械施工慢得多，工程的進展不致於瞬息生變，因此無需在工地緊盯監造，每天只要到工地走看、量測一、二回即可，工作時間不多。深山幽靜，不見人煙不知歲月，業餘坐在床邊利用裝TNT炸葯的木箱板、自己簡易釘做的書桌讀書，或站在屋旁的高大野生柚子樹林下沉思，如在閉關。我有了較大幅度的孤獨時間，去反思如何走出被垢病的當時詩體之道。我先給它打了一個輪廓，發表出來的詩是要能夠被讀者接受的物，它要聯繫當下現實社會與人的境況，且當具有詩味的本真。我開始繞著不曾忘懷的日據台灣初期一首口耳相傳的民謠〈一隻鳥仔哮啾啾〉思索打轉，歌詞是「嘿嘿嘿嘟／一隻鳥仔哮啾啾咧嘿呵／哮到三更一半瞑／找無巢／呵嘿呵／／嘿嘿嘿嘟　什麼人仔加阮弄破這個巢都呢／乎阮掠著不放伊甘休／呵嘿呵」。以「覆巢之下無完卵」來暗喻台灣住民抵死不從被割讓日本，反抗激戰在各地展開，抗日義軍節節敗退，死傷不計其數。最後以悲壯的成仁遍野、家破人亡結束。活著的人如弄破窩的小鳥，常常遍啼至三更半夜仍不止，活生生映現了台灣住民被殖民統治的憤怒和無奈。歌詞表面簡潔單純，聽者接受容易，但內層所蘊含的却是意深味濃。以是我的詩作有了如是這本詩集的「語言轉向」。

這本詩集裡的作品寫作於一九七〇年十一月至一九七二年二月間，出版後很快的獲得多位詩人、詩評家的注目撰文，我將之合印在此次重印本，做為我的紀念與感謝。其中，馬來亞的詩評家溫任平先生寫了萬字評文發表於香港《純文學雙月刊》六十六期，再登於台北的《幼獅文藝》。這讓我驚訝，詩集流通不易，何以如此快到了馬來亞？幾年後溫任平先生之弟溫瑞安先生商務來台，林白出版社老闆林佛兒先生請吃飯邀我作陪，我請問溫先生在馬來亞怎麼能看到《基督的臉》？他說，有人自台灣買了一本回馬來亞，他們詩社的同仁大家傳抄。聞之令人動容。就在詩集出版後不久，余光中教授在新聞局向外發行的英文官方刊物《自由中國評論》月刊（Free China Review）（一九七二年六月），所發表的〈Chinese Poetry in Taiwan〉宏文裡即例舉本人為當時台灣代表性詩人之一，並譯刊本詩集中之詩作八首。一九八四年，台北，〈中國名人傳記中心〉發行的中英日版《中華民國現代名人錄》（一九八三至一九八四，增訂版，第二輯），無收費為前要件的，我以詩人身份收入在內。我印行的第二本詩集《狩獵》是在一九九三年，因此被收入《名人錄》推想也是《基督的臉》所表現之故，故也在此一記。初印本每首下方有詩人施善繼的「解說」，引領讀者閱讀，確實發揮了很大作用，但有詩人朋友反映，「解說」也給詩的意境、意味劃下了界限，為了解放這一界限，此次重印便忍痛刪除。

代序

從《基督的臉》看現代詩的當前趨勢

蕭蕭

中國是一個詩的民族。
但是，現代的中國人能以中國的現代詩自豪嗎？

從覃子豪的時代開始，現代詩一直走著孤獨而崎嶇的路，究其原因，不外是語言所顯現的美感與音樂性的喪失。語言方面，中國詩堅持文字表現「聲」「色」之美，能夠表現了聲色之美以後，才能探討詩境的大小與高低。但是，現代詩一開始就放棄了文言精鍊之美，放棄了押韻、聲律所能給予的輔助。易言之，中國古詩所以保持它的聲勢於不墜之地，就是因為文言的精鍊美，和聲律的輔助。

首先，我們不能不承認文言是一種精鍊的語言，三四個字語可以包舉某一事件的始末，可以深藏宇宙和人心所展現的聖美善真，同時，文言又特意減省不必要的枝節與敘說，留其精純，而這種要求，很顯然就是「詩」所要求的，所以，詩與文言的結合自是錦上添花之事。但是，現代詩放棄這種行之有年的語言，選擇白話，其間的得失如何呢？基本上我們同意：白話就是我們日常生活用語，拿來做為表情達意的工具，自然是最直接和最有力的一種，民謠的流行，山歌的動人，都可以證明這點，那麼，以白話寫成的現代詩，照道理說，應該較諸古詩更具撼人之力，其實並非完全如此！癥結何在？我們以為，從覃子豪以降的現代詩人，在語言上毫無疑問地採用了白話，但在詩觀上仍然保持中國傳統對詩的一般看法，一般看法當然不是對詩所做的本質上的深入探討，而是指著對詩所持的態度（譬如：詩是貴族文學），以及較為粗淺的認識（譬如詩要含蓄等等），因此，在運用上與觀念上起了極大的衝突，也就是說，現代詩人所運用的是最直接（日常所用）最年青（我們認識白話的時間並不長）的語言，卻要表達最繁複的情覺，而根深蒂固的又是詩要含蓄（諸如此類）的觀念，所以不得不在語言運用方面採取幾度的轉折，詩人幾度轉折，便造成了現代詩的晦澀問題。

為了驅策白話去完成詩意，因而導致語言上的晦澀，這是現代詩的一個最初難關。

其次，我們提到聲律方面的問題，古詩有平仄、字數、和韻腳的限制，在外形上，很容易確定這是不是詩，確定是詩，再確定是好詩或壞詩，現代詩則完全打破規則，一無限制，因而啟人疑竇。其實這還不是問題，因為從唐詩到宋詞到元曲，句數和字數漸漸由於詞牌或曲調的不同而有所變化和差異，元曲復有「襯字」的增入，格律更寬，從歷史的意義來看，現代詩的形成是由元曲的形成解放出來，如同現代詩採用白話為工具一樣，文體的演變在歷史上是一種自然進化。我們要探討的是：現代詩既然不再考究平仄與聲韻，那麼，如何追求詩的音樂性？

詩一直是用以吟唱的文學作品，一方面以文字的形和義安排為空間的藝術，一方面以字音的急促、舒緩、高昂、低藏，安排為時間藝術，然後在人類心靈蛻化而超脫時空。音樂美的留存，古詩當較現代詩優越，運用制定的調譜，自然生有抑揚頓挫之美，所以古詩聲律並未構成對詩本身的傷害，更深一層的透視顯示，聲律的限制反而是一種無形的逼迫力，這股逼迫力強制詩人選取最完美、最妥適的語字來表達，所謂「置之死地而後生」即為此意。格律謹嚴的杜詩，步履隱健，神采飛揚，正是一個極佳的例子。現代詩由於外在束縛解除，而控制內在語字快慢的能力尚未完全成熟，每每流於鬆軟，或者拗口難讀，形成現代詩的第二個難題——音樂性的缺乏。

這兩個難題可以視為新文學對舊有文學的反叛所遺下的缺失，經由這樣的反叛行動，才能成長為真正茁壯的文學，但是「過猶不及」，譬如爭取自由，是因為不自由才感悟自由的可貴，如果一旦爭取到完全的自由，卻又不知道如何享用自由，胡作妄為，反而違失原意。現代詩發展過程中，有時也發現到這種過猶不及的迷亂創作，檢視二十多年來的作品，真正隱實而又兩全其美的詩，並未多見，因此，有識的詩人不願再「一味地晦澀」下去，開始了另一次的轉變，以下我們將經由喬林最近的作品《基督的臉》，來透視中國現代詩的當前趨勢，此一趨勢可以說是上述兩大難題的一次覺醒。

研究喬林的詩，宜從他的早期作品開始，然後才能理出一個頭緒，這個工作應該留待他的《布農族》問世以後。現在僅斷代地就五十九年十一月到六十年十一月，這一年中他寫出的四十首短詩來勘測，這四十首詩都發表在「龍族」詩刊一號到五號，並且已經結集出版（龍族叢書二號）。

如果一定要回溯喬林前期的作品，我們特別要提舉〈狩獵〉這首詩：

花鹿矢跑過去。泰耶魯的青年矢跑過去。
黑瘦的高山狗矢跑過去。泰耶魯的青年矢跑過去。

我是一靜觀的杉樹

花鹿慌奔過來。泰耶魯的青年慌奔過來。
黑瘦的高山狗慌奔過來。泰耶魯的青年慌奔過來。

杉樹凝視著我

這首詩節奏明快，明快之中又有一份沈潛，所以這樣，正由於四個動詞造成的秩序的對等：

矢跑→慌奔

靜觀→凝視

這四個動詞，其實只是表現動與靜的兩組，從時間和意義的進展層次來看，矢跑而後慌奔，是一種自然的過程，近乎寫實的行為，由靜觀而後凝視，雖然也可以說是自然現象，但解釋成詩人為了表現的需要而給予銳意刻劃，更為得當。在這首詩中，詩人並非單純描述一件狩獵行為，而是想冷靜地對這種慌奔的狩獵行為（僅僅指著泰耶魯青年追逐花鹿嗎？）有所批判，更冷凝些，詩人真為了批判嗎？詩人只是很自然地對比著兩組情境，在慌亂與凝視的映照裡，彷彿就有不盡的詩意由此衍生。這首詩，除了從兩對比之中去領會外，還可以注意他的用字，如被追逐的是花鹿，美而馴良，且善於奔走——不是殘暴的虎豹，也非柔順的綿羊。又如：先言「我是一靜觀的杉樹」（靜觀在此作形容詞用），而後說「杉樹凝視著我」——不僅「無所為」的靜觀，在更為急亂的環境裡，演變成「有所為」的凝視，而且由於主格的移換，松樹與我使得整首詩有了盎然生機，不致於因為重複使用同樣的句式而沉悶而黯滯。

這首詩的表現方式很顯然地影響了《基督的臉》，舉其第一首〈與親卿書〉做證：

您寄了封信給我
我寄了封信給您

您寄給我
我寄給您
您寄
我寄

您
我

您即不能是幾張信紙
我也不能是幾張信紙

大抵我們可以從這首詩中看出《基督的臉》這一輯詩的風格，句子簡易明曉是最大的特徵，整輯詩找不出晦澀不可解的語句，這正是目前中國現代詩的一個新趨勢，余光中、辛牧、白荻、林煥彰等人的詩作也以通暢為其新風貌，在語言上面盡量求其明亮，詩讀者不必再費很大的腦筋去思考，直接可以走進詩人的世界。

如果我們研究造成這一趨向的緣故，第一，自然是對於晦澀所提出的刻意的糾正，第二，多少受了西洋地下文學的影響，景翔翻譯〈全然的交融〉時曾言：「參加的詩人各具自己的風格，但有一個共同點，就是都盡可能地表現出他們的真誠和直接性，豪不矯飾畏縮，都以自我認識為依歸。」（龍族三號第三四頁）稍有不同的是，中國詩一向不以吶喊為是，因此跟他們一樣直抒胸臆，但不大聲吼叫，也可以說，這種趨勢，東西方同時流行，西方偏於向外舒放，東方則重在向內凝鍊。

由於語句明亮，語勢直接，不再需要長篇大幅舖陳，目前的現代詩壇短詩大為風行，如辛牧的〈棄婦〉只有三行：

被命運推在一起

沙塵到處

那麼多孩子搶一只風乾的奶

僅僅三行就可以刻劃出一個棄婦的形象，而且真正深入生命內裡，短詩的價值就這樣被確定。喬林《基督的臉》，每一首詩都不超過十五行，其精簡可知。詩短，主題單一，作者易於控制，讀者自然也容易捕捉，但是，詩短，主題顯明，並非就無餘味，譬如喬林寫〈流浪〉：「一座小鎮過去／再一座小鎮／一個黃昏過去／再一個黃昏／何處有門扉／宿鳥一聲比一聲急促／遙遠的長路／變短路」前面四句重複，顯示流浪的疲乏和無可奈何，而後說宿鳥一聲比一聲急促，遙遠的長路變短路，正是一種矛盾語法的應用，更加深流浪者的落寞。

前面提及語句明亮，詩篇簡短，這兩個因素同時影響詩中的節奏，短詩的節奏易於控制，此乃不爭之事，喬林最好的節奏大部份來自「語句重複」，如〈等待語言〉，如〈蠟燭〉等詩都是，余光中近期的〈民歌〉、〈民歌手〉，頗為注重聲律，其聲律的和諧也有賴於某些相當的句式。詩的音樂性已引起當今大部份詩人的注意，閱讀時下的現代詩，要比十年前的詩作更為調利可口，這不能不說是一件可喜的事。當然，聲律受重視並不自今日始，譬如瘂弦的詩被人爭相傳誦，就由於瘂弦詩中自有一股迷人旋律，尤其是在當時重「色」不重「聲」的環境之下，瘂弦的成就自然深深為人所寵愛，後來仿學瘂弦詩的人雖然很多，但都不曾真正悟解到這點，或者悟解到這點但無瘂弦的功力，所以「畫虎不成反類犬」，形似瘂弦的詩充斥市場，能真正迷人、動人、感人的詩卻不一見。

以上的敘述，讓我們直接明曉當前現代詩的一些趨勢，間接地又發現到喬林在《基督的臉》中，一再地使用重複的語字和句式，如〈塵埃〉中說：「眼睛裡長出一顆樹／因渴望有一顆樹／鼻孔裡伸出一朵花／因渴望有一朵花／嘴裡長出一叢青草／因渴望一些青草」，這種重複，構成喬林現階段詩作的一大特色，為什麼要使用重複的句子呢？例如在〈狩獵〉詩中是為了「急迫」的氣勢，在〈流浪〉詩中是為了表現無可如何，這是各詩中所具有的特殊風格，但根本上的理由應該是：一、企圖以最精少的語字來表達詩人的構想，利用句式重複正是減省語字的方法之一。短截的詩句，袖珍的詩篇，也為了減省語字（與現代社會型態有關）。二、節奏安排的需要，句式重複，可以迴旋同一樂律，因篇章短小，並不覺其單調。三、語勢的貫串和秩序的流動，有時也依賴相等句式推進。四、詩人自覺日常生活及精神面貌的單調與重覆，因而選取這種造句法。

至此，我們不能不先行探討一下《基督的臉》所表現的，詩人對周遭世界的觀感，由於題材選擇之便，目前大部份現代詩顯然放棄了自我精神面貌的窺探，轉向現實生活叩取資材，在《基督的臉》中，我們找不到一首純粹是自我挖掘的某種精神觀照，多的是：外物的變動所引起的，詩人銳敏的感應，其中自然不乏佳構，如〈入松林〉第二節：

一步一石階
風問我來自何方
我不知來自何方
樹問我去向何方
我不知去向何方
一步只答一個跫音

喬林對於痛苦的夾擊，表現出中國人一貫的態度，這種態度可以說是一種無言的抗議，一種無可奈何的神情，「我不知去向何方／一步只答一個跫音」，讀者彷彿感到流浪步履的逐漸沈重，彷彿聽到空中迴蕩不去的一步一跫音。這種無言的抗議，正是刻苦忍辱的另一種表現，中國人生就有極大之忍耐功夫，一切外來的打擊和內在痛苦，都以最大的度量去忍受，喬林在詩中所表現的也正是這種態度，我們可以再舉一首詩來做例證：〈算錢〉這首詩，不只詩的語言是喬林現階段的一個很好代表，而且它所表現的無奈，也可以允為此集的範作：

一塊錢豆腐干五毛錢白菜二塊錢魚
一碗白飯

滿街競相開謝的雨花
滿街競相走路的鞋

來一碗蘿蔔湯
一碗白飯

雨花一瞬間開了又謝

一頓飯接著又一頓飯
老天算錢吧！

喬林所以寫出這樣的詩，應該是基於他飄泊的人生觀，這種人生觀的建立或者關乎他實際生活的體認，由著這種體認進而確認生命的過程終究是一種無盡止的飄泊，如〈落葉〉〈離去〉〈流浪〉〈孤雁〉等詩。但流浪並非生命最終的期望，就「流浪者」來說，「家」是最溫暖的歸宿，因此喬林有〈我想回家〉〈吾家〉〈我家的燈〉等詩，他曾經在〈黃包車〉中透露心聲：「我迫切須要停息下來／有個家／有個溫暖的家」，從這個方面來認識喬林的詩，大致不會有所謬誤。譬如「這就走了」，不正強調流浪的無可避免嗎？雖然有家有室，還沒脫下鞋還沒洗個臉，還沒說一句話，卻必須再踏上奔波之途，勞勞碌碌的為生活而奔波，「我家的燈／也在我望得太久／而模糊了的眼睛裡／亮著」，家雖是溫暖的窩，但只能在想望中獲得溫暖的滿足。而流浪所帶來的又是極大的痛苦，在〈腿〉中他說：「前天才是媽媽的腿／昨天才是我的腿／今天則是塵灰的腿／明天是誰的腿」以腿表示永無止境的奔走，前天猶在媽媽的護慰中，昨天才成長為我，今天卻已沒身於風塵僕僕之中，而明天是誰的腿？明天將會是怎樣的日子呢？流浪者的未來是一不可解的X，「鞋破了／腳板也破了／骨頭碎了／心也碎了」，飄泊，無止盡的飄泊。到了「葉子的演進」，生命的遞變更覺迅速，前天新發的稚芽已是今天枯黃的落葉，明天，後天，又會是如何呢？無語，無語。

這種無告的痛苦，如果有人可以慰解，或許還能稍稍舒放，但喬林詩中，我們又發現人類生存的孤獨情境，如〈空氣〉這首詩，雖然前後左右都是人，我卻是孤獨而無助，而在〈名字〉中，偷偷的低下頭來寫著自己的名字，不斷的寫，拼命的寫，在〈孤雁〉和〈雨中行〉裡，他的孤獨更加明顯：「我獨自的／走在左右圍繞的自己中」，因此，他所能得到的回應只有單調的跫音，跫音這一語詞三番兩次在喬林詩中出現，足見喬林對這種孤獨流浪的悽涼情境，有著極深的感慨，雖然他只淡淡地「重複著／淌著一種流聲」，讀者卻更覺其哀痛之深。

所以，基督的臉已經沒有淚，沒有汗，沒有呼吸，沒有語言，人的形象已無可看讀，無法辨識，這種命運似乎是人類共同的苦難，雖然「我」離去，但苦楚的臉，不停的腳步卻留了下來，世世代代，神人共同擔負生之苦難。這樣的苦難仍然有他的時代性，喬林自然知道把握，取材自現實生活的詩，大抵都能直接地表現這種時代性，中國現時代的詩人，對於時代脈博的跳動顯然已較往日更予注意了。

至此，該再回過頭來探討現代詩的當前趨勢，我曾舉出許多詩例，證明現代詩已接近生活，遠離晦澀，最後我要指出的卻是關於「意象」的問題，無疑的，現代詩注重意象，超過任何時代的文學作品，當然，詩無法離開意象而談，但像中國現代詩這樣注重意象，卻非習見，這點顯然深受西洋文學思潮影響，中國詩壇一下子花團錦簇，繽紛而熱鬧起來，從意象到象徵，是一直線發展（由具體而抽象），象徵作用因此也在現代詩壇造成一股熱潮，這股熱潮對於現代詩的成長具有莫大的助力，促使現代詩走入一個全新境界，現代詩的本質大異於中國傳統古詩，這是極大的轉捩點。但是，同時也因為象徵的誤用，導致現代詩的晦澀問題幾至無法解決的地步，當然，意象、象徵的運用，必要牽涉到眾多問題，其中最重要的自然是弗洛依德派的心理學說，以及質本主義工業社會所予人的壓迫力和禁圄感，意象、象徵，日漸繁多，而人際的溝通越來越不可能，這便是造成詩的晦澀的一大原因。

今日，一個新的趨勢已經形成，那就是意象創造仍然被重視，但已不是通篇都以意象、象徵來做為表現工具的時候，詩人開始節約他的意象，將注意力轉移到其他方面（譬如詩人與讀者溝通的可能）。同時，詩人所企圖達及的，應該是一首詩的整體意象，如何在讀者心中升起，以喬林的〈精緻的時刻〉。來說：

我只要您一個
我只要您
我只要

我
我
我

我的寶貝
（嗯！）

無法在其詩中尋出什麼特殊的意象，或者特殊的象徵，簡簡單單的二十一個字，提供一個精緻時刻的意象，這就是喬林目前的詩特色，同時也是當前現代詩人所表現的一次覺醒。

如果我們總結來說，喬林《基督的臉》應該是一種「民謠式」的表現，所謂民謠式自然不同於瘂弦的「民謠風」，喬林直接地以簡易的語詞來做為詠歌的工具，瘂弦則為了節奏的需要，留存民謠的拙樸和輕快旋律。可以說，「民謠式」的用語大量增加，造成目前現代詩的轉變。眼見民謠式的現代詩逐漸興起，更令人懷念瘂弦的民謠風，中國現代詩一直在求變求新，求進步，為什麼注重音樂性的詩還不出現？中國現代詩已經邁進了「盛唐時代」，如果能在音樂方面更為加強，則可臻於完美之境。

以上，我指陳了現代詩的當前趨勢，但這並不表示這種趨勢的對或錯，一開始我曾提出「過猶不及」的看法，對於目前現代詩的刻意糾正，當然也適用這種見解，即以喬林的某些詩作來看，不盡如意的詩仍然是由於語言和內容不能相合，或者是操之過急的粗糙表現方式。因此，精鍊的要求，內在張力和音樂性的要求，對喬林和目前的詩壇，仍然是一種必須確實磨鍊的功夫。

郭楓在〈我底現代詩觀〉中曾言：「一波與一波之間有其相反相成的關係，也就是一種新的文藝思潮與原有的文藝思潮之間，有其變異的也有其遺傳上的關係。」（見《九月的眸光》第一九五頁），對於現代詩的未來展向，應該是這兩波相反相成的詩觀所共同推湧的一個新方向——內在節奏（張力）的精鍊，外在語言的舒放，加上中國詩一向要求的詩境和音樂性的拓廣。

原載於一九七二年二月「影響」第二期

目　次
contents

附錄

與親卿書

五十九、十一、十九

您寄了封信給我
我寄了封信給您
您寄給我
我寄給您
您寄
我寄

您
我

您既不能是幾張信紙
我也不能是幾張信紙

都市生活

早安　垃圾
七種色彩的油漬
從著河流著
河就從著街流著
午安　大廈
一星期七天七天一等模樣
從著街流著

五十九、十一、十九夜

街從著河流著

晚安　霓虹燈

落葉

離去的落葉
摯愛的落葉
緘默的落葉
心臟的落葉
溫柔的落葉
刀片的落葉
鐵錘的落葉
淚光的落葉

私自的萎縮的
飄下

五十九、十一、廿八

離去

時間留下
我離去
不停的腳步留下
我離去
苦楚的臉留下
我離去
渾圓的汗珠留下
我離去

五十九、十二、九

年齡留下
呆張的眼睛留下
我離去

基督的臉

我的眼眶裡
沒有淚
我的汗珠裡
沒有水
我的鬚髯裡
沒有皮肉
我的鼻孔裡
沒有呼吸
我的嘴唇裡
沒有語言

五十九、十二、九

疲倦了的人們

疲倦了的天空
只有一聲雁鳴
疲倦了的步履
只有一句跫音
疲倦了的人們
只有一張顏面

風颭著
只有一聲雁鳴
久不離去

五十九、十二、九

醉問

抬頭一個天空
低頭二個天空
杯里一個世界
杯外二個世界

我只一個
却需為二個
一個是我
一個面目全非

五十九、十二、十

燈芯

野地裡
一間木屋
世界裡
一個人
長長的夜
短短的燈芯

五十九、十二、十

人的形象

知道什麼理由
也不知道什麼理由
左腳老牽制著右腳
右腳老牽制著左腳
只一步距離

爭執的噪聲
就像跫音

五十九、十二、十一

整個人
就只剩下豋音
整天吧吱吧吱的
沒有一個可看讀的形象

流浪

一座小鎮過去
再一座小鎮
一個黃昏過去
再一個黃昏
何處有門扉
宿鳥一聲比一聲急促
遙遠的長路
變短路

五十九、十二、十一

算錢

一塊錢豆腐干五毛錢白菜二塊錢魚
一碗白飯
滿街競相開謝的雨花
滿街競相走路的鞋
來一碗蘿蔔湯
一碗白飯
雨花一瞬間開了又謝

五十九、十二、廿

一頓飯接著又一頓飯
老天算錢吧！

空氣

左右都是人
前後都是人
也來也往全是人

我要吸的那口空氣
給擠到左邊，又到右邊
給擠到前邊，又到後邊
我只剩下那口空氣

六十、一、一

而誰知道我要吸的那口空氣
而誰知道我只剩下那口空氣
前後左右都是人
全是人

我想回家

塞滿焦慮的頭顱沉重的垂下來
塞滿焦慮的手臂沉重的垂下來
塞滿焦慮的天空沉重的垂下來
塞滿焦慮的屋簷沉重的垂下來
塞滿焦慮的塵埃沉重的垂下來

空無一物的樹上昇著
空無一物的路上昇著

六十、一、一

我只想在垂下來與上昇間
飛動鳥翼
回家

吾家

去年離家時
我家在山坡地
門前幾棵樹
樹前一條山路

今年離家時
我家在平地
屋前就是屋
屋前就是屋

六十、一、三

明年離家時
我家在山坡地
門前幾棵樹
樹前一條小路

樓房

樓房自天空飄落
在一夜之間
隱密而輕悄的
紛紛飄落在地上

樓房自新整的
一條條田埂兩邊茁長
一夜之間
隱密而輕悄的
譁然湧上地上

六十、一、三

空氣也在塑造我們
混凝土的筋肉
架空的腦袋
玻璃窗的眼睛
一座座堅固實用美觀的樓房

黃包車

兩條腿　兩條車桿
給牽拉著
在日暮時
我的身軀
猶是到處流徙
一肚子空空
一心窩裡空空
拉不到生意的
黃包車

六十、一、四

我迫切須要停息下來
有個家
有個溫暖的家

臉

在此許多的人裡
我不能辨別他們的臉
同樣的一對眼睛
同樣的一張嘴
同樣的一叢髮

只有貪婪這字語
有著各種的形態與深淺
在晨起後梳洗的
一張張臉盆裡盪漾

六十、一、十五

塵埃

在四樓的住屋
看見我在某街
坐在自己的腳印上
儼然一座塵埃堆起的塑像
眼睛長出一棵樹
因渴望有一棵樹
鼻孔裡伸出一朵花
因渴望有一朵花
嘴裡長出一叢青草
因渴望一些青草

六十、一、十六

在某街某些腳印上
看見我倚窗外望
四樓的住屋
儼然是一堆新起的塵埃

篝火

一堆篝火
有多少隻爭論的舌？
爭執著把我的臉
一半分給寒冷
一半分給溫熱；
一半分給黑暗
一半分給明亮

火熄了
一堆篝火

六十、一、廿

曾有多少隻爭論的舌？
我的臉
全給了寒冷
全給了黑暗

精緻的時刻

我只要您一個
我只要您
我只要
我
我
我
我的寶貝
（嗯！）

六十、一、廿三

我家的燈

左邊一排燈，亮著一排人家
右邊一排燈，亮著一排人家
我走在街上

我家的燈
也在我望得太久
而模糊了的眼睛裡
亮著
在我模糊了的眼睛裡
亮著

六十、六、十四夜

跫音

在沒有人的夜的街上
沉重的跌落下來的
是我千萬顆中的心
在沒有樹的秋的地上
沉重的跌落下來的
是我千萬片中的葉

一顆顆
一片片
跌落的跫音

六十、六、十五夜

我是誰

想出聲問我周遭的左邊的您是誰
想出聲問我周遭的右邊的您是誰
想出聲問我周遭的前邊的您是誰
想出聲問我周遭的後邊的您是誰

啊！我沒有出聲的發問
因我尚答不出我是誰

六十、六、十六夜

名字

天空一天天的壓低下來
空氣一天天的沉重下來
衣物一天天的厚重下來
為了妥協的屈就有個軀體
我的背脊一天天的彎曲下來

偷偷的低下頭來寫著自己的名字
不斷的寫著自己的名字
拼命的寫著自己的名字

六十、六、十九

孤雁

有隻孤雁在落日前盤旋
有棵枯槁的樹在爪下盤旋
有顆心在枝椏間盤旋
有個人在心的周圍盤旋

天地如一張白紙
白紙上只剩下：
一顆落日
一隻孤雁
一棵枯木
一個人

十、六、廿五

無言

這個時候不知是深秋或初冬了
這個時候不知是工作或休息了
這個時候不知是胖了或瘦了
這個時候不知是否穿著那件藍毛衣

小草無言的守著小路
小路無言的守著遠天
遠天無言的守著歲月
歲月無言的守著她

六十、六、廿七

眼眶裡那潭無言的歲月
是深秋或初冬了

夜行

夜來了
風來了
雨來了
我來了
在這曠野
然而我是路過
路過這夜
路過這風
路過這雨
然而我不知是否路過

六十、七、八

這夜
這風
這雨

輕輕的喘息聲
傳遍曠野的每一肌膚

入松林

一片重重的山
一片重重的松林
廟鐘
石階
不知從那個地方輕輕的流下來

一步一石階
風問我來自何方
我不知來自何方
樹問我去向何方

六十、七、十四

我不知去向何方
一步只答一個跫音

等待語言

您的眼珠裏有一句話
我的眼珠裏有一句話
您想說出那句話
我也想說出那句話

您等著

我等著

啊！在這失去語言的時候
我們緊緊的互抓著雙手
痛若的等候

六十、七、廿

名字

誰是稱這名字的人
出生證明紙上
石碑上雕刻著的
一千年前在京都林蔭道上的
一千年後疲憊的躺在回家的巴士上
都是稱著這名字的人
什麼是這名字的誘力
一個個的
從這門進來
從這門出去

六十、七、廿

蠟燭

一枝蠟燭在我的內裏燃燒著
夜也和我一樣淒黑孤零嗎？
我在夜的內裏燃燒著
而夜在哪個字眼裏燃燒呢？

蠟淚燙熱的滴在夜的心臟上
我的心臟也燙熱的滴著蠟淚嗎？

我的手無法撫摸那燙傷
夜的手也無法撫摸那燙傷

六十、七、廿三

溪

流不盡的水
想淨除什麼
想說出什麼
而又只能重複著一種流聲

想站起來
想挪開腳步
想朝天大聲怒吼

六十、七、廿五

然而整個身體等於整張嘴的河床
却愈來愈為之淤塞
只能

重複著
淌著一種流聲

走了

您這就走了
還沒脫下鞋
還沒洗個臉

您這就走了
還沒看我一眼
還沒說一句話

您這就走了
門開了

六十、十一、廿三

還沒關
您這就走了
沒有回顧的
走了

雨中行

無數的雨在地面冒起
無數的大理石碑在地面排列
無數的聲音自地面喚出

我獨自的
走在左右圍繞的雨中
走在左右圍繞的大理石碑中
走在左右圍繞的吶喚中
我獨自的
走在左右圍繞著的自己中

六十、十一、廿三

我的呼聲

我踏步而往不息的腳
聽不到我的呼聲
我呆然而視晶明的眼睛
聽不到我的呼聲
我召展四方敏感的耳朵
聽不到我的呼聲

所有的葉子
在所有的秋裡急切的飄落
一條條的腿

六十、十一、廿四

一隻隻的眼睛
一隻隻的耳朵

所有的天空
是我所有瘖瘂的聲音

頭顱

昨天是懷裡的頭顱
今天是塵灰的頭顱
明天是什麼的頭顱

昨天的頭顱還想著什麼
今天的頭顱還想著什麼
明天的頭顱還想著什麼

六十、十一、廿八

葉

前天太陽升起時
是一新發的稚芽
昨天太陽升起時
是一硬挺的青綠
今天太陽升起時
是一枯黃的落意

明天太陽升起時

後天太陽升起時

六十、十一、廿八

腿

前天才是媽媽的腿
昨天才是我的腿
今天則是塵灰的腿
明天將是誰的腿

鞋破了
腳板也破了
骨頭碎了
心也碎了

六十、十一、廿九

歸途

樹颺著風
我的腿趕著路
在家裡的妻可忙著什麼？
蒸年糕？

頭老留在家裡
腿老留在路上
樹老留在風中

六十、十二、廿九

在家裡的妻可忙著什麼？
在擦拭——
那年年擦年年增加的
石灰牆上的黑斑
——去舊

路與腿

一條路就是一條長長的路
二條腿就是二條短短的腿

路是靜的
腿是動的

路是安心的
腿是操心的

六十一、一、十

路是長長的
腿是短短的

初版印行小記

本詩集是我自一九七〇年十一月至一九七二年二月專一寫作的詩集，寫作的地點直跨台灣的東、北部。一九七〇年正值我在興築中的南部橫貫公路所負責施工的嘉寶隧道工程臨近竣工的時候。我們的工務站設在台東縣海端鄉霧鹿村一個叫下馬的布農族部落裡。該地離擁抱著一條小鐵路腋下又挾著一條縣級公路，瘦小得不能負擔我們這一大羣築路人員重量的海端有一個小時的步程。從海端到新武呂，有條牛車路，再就是涉過山澗、攬腰擦過峭壁、橫過山腹的一條只容單人行走的小徑，從新武呂擇地勢而左右而上下，往嘉寶、下馬、霧鹿、利稻……向前向青天引伸到海拔二千七百公尺，山尖常時晶亮晶亮的戴著鋁質雪帽的大關山，再過去就是奔向台南、高雄的小徑了。一九七一年五月我調回台北參與北一號隧道（今名為自強隧道）的施工工作，一九七二年二月北一號隧道也是將近竣工的時候。

直到調回台北為止，有將近十年的時間，我無一段日子是在家裡待過的，我的行跡一直隨著工程所在地而遷移，因此我心上所積壓的鄉愁，已是夠厚夠厚的了。我一直經過，也一直發現，這鄉愁所為我設造的境地，是何等的深遠與耐尋，然而却又是擺設在我四週的山谷，一句一句厚重的迫回我的呼聲。即憑藉著一份宗教式的情操，一邊經過鄉愁，一邊發現鄉愁，我吟咏著我的詩篇。

我厭惡什麼現代、什麼技巧……，那些噪雜的聲音，我企望從經驗於我靈魂內奧裡的東西，經由我的筆尖，一條簡潔、直截的、那是路非路的途徑走出來。這是我以求禪為我寫詩的法則。

在此，我得感謝煥彰兄用心剪貼、編輯、設計封面，並接洽印刷，及善繼兄為這本詩集解說（按：本書已刪），使它能趁著我對出版的事尚在迷迷糊糊時，得以出版。

喬　林

一九七二年一月廿一日於石牌

附錄

漂泊的歌手——喬林

周伯乃

喬林，是一位年青而又具有衝刺力的詩人，他像一名短跑選手，起初就以快速的步子向前衝進。他很少從前輩詩人那兒學習什麼，也許根本沒有什麼可讓他學習的，他一直是以自己的步法走著自己的路子，像許多年輕詩人一樣，孤獨地走著，披荊斬棘，探索著自己的方向，摸索那可能成為永恒之路。

《七十年代詩選》，有一段近乎誇張的評語，他說：「作為一個後起的年輕而瀟洒的詩人喬林，他的衝向詩壇的速力確是駭人的，我們透視他的起步，頗有楊格貝蒙之崛起歐美影壇那樣的形跡，完全背離傳統，不講求旋律，不講求和聲，一味迷戀他心中的上帝，他想到什麼就表現什麼，他在沒有秩序的音符裏，他在他沒有凝固的字語裏，他在他沒有完全征服的意象裏，猛烈地狂跳著。」

喬林，本名周瑞麟，是台灣台北縣人，一九四三年出生，至今尚不滿三十歲，可是遠在六年前（五十五）就曾經榮獲全國優秀青年詩人的頭銜。他著有詩集《象徵集》、《煙的眼睛》、《精緻的喟嘆》、《布農族》、《基督的臉》等。

也許是喬林急欲抓住他心中的意象，所以，他的詩都是以快速而又經濟的手法，展示出其內心的律動。他的詩沒有節奏，沒有傳統的語法秩序，他始終在努力打破邏輯的語法，而創造自己的語法，他想到什麼就寫什麼，整個的意象都是零亂的，但在零亂中似有一種不規則的秩序，這大概是美國意象派和現代西洋小說意識流的手法所感染，喬林是否真正刻意追求意象派的剪嵌細工的手法，尚未可知，但就他的詩的形式和用字遣詞的方法看，似像美國意象派詩人康敏斯（E.E.Cummings）和威廉斯（WilliamCarlosWilliams）他們的風格。尤其是他最近完成的《基督的臉》一書，幾乎是意象派的表現技巧。但喬林的結構卻遠不及康敏斯他們的嚴密，有些意象語，像被割斷的風箏，飄蕩在空漠的蒼穹裏，令人無從把握他的語意，而語句與語句之間也缺少聯繫，像被剪斷的一串項珠，猝然碎落在地上，跌得滿地都是破碎的意象，在那兒散發著璀璨的光華。

現在就分別來談談他的詩，首先我們看看他早期的〈秋的樹〉：

在一切都平息了下來的時刻
天空把龐大的身軀藏隱
用半雙月亮的眼冷視
我們暴露射口
力張為一隻手
欲抓住什麼的形態

幾眨眼之前
幾眨眼之後
我們圓肥
而
清瘦為長條骨頭的架構
依然是
欲抓住什麼的形態

我們固執於我們的姿勢
努力
高伸高伸高伸高伸
幾眨眼之前　幾眨眼之後
我們止步死亡
依然是
欲抓住什麼的形態

透過生命的逼力，「在一切都平息了下來的時刻」，我們就像那秋之樹，我們伸著空茫的雙手，向世界急欲抓住一點什麼，也許什麼都不是的一種形態。在貝克特（Samuel Beckett）的《等待果陀》一劇中，第一幕的序幕拉開時，呈現在觀眾面前的就是一條漫長而又荒漠的鄉村道路，路旁有一顆枯了葉的樹幹，夕陽已經西下了，且慢慢進入了昏暗的景色，男主角之一愛斯特拉公（Estragon），坐在一座小丘上脫他的靴子，他雙手用勁地扯，來回的扯，喘著氣。後來，他的同伴佛拉底米爾（Vladimir）上場。愛斯特拉公對他說：「無聊透了！」

在喬林的〈秋的樹〉，我們同樣的也感受到了，在一切都平息下來以後的空蕩、孤寂。「天空把龐大的身軀藏隱／用半雙月亮的眼冷視／我們暴露射口」這幾句詩的意象很美，但太過於曖昧。尤其是第四行「我們暴露射口」，這個「射口」到底意味著什麼？個人的欲望嗎？抑是人類生存的企求？還是個人的秘密？

第二段的意象就比較明朗，從題意上來看，他寫樹木隨著季節的遞嬗，由圓肥（濃茂）變為消瘦（落葉後），但它仍然在企圖抓住一點什麼，也許什麼都沒有抓住。「幾眨眼之前／幾眨眼之後」，這是寫世事的變遷，人生的遞嬗都是在幾眨眼之間。

這首詩多少含有一種存在意識的自我選擇、自我肯定的觀念，如第三段「我們固執於我們的姿勢／努力」。喬林有一封給他的友人親卿的信也提到固執的問題，他說：「人的感情是一任頑固得不能左右，我們便依賴著這種固執而活著，儘管我們不一定的繼續接納快樂和痛苦。一個藝術家無疑的需要此等固執來使其突出及極致。」

我國的讀書人向來講求志節，講求擇善固執，禮記中說：「誠之者，擇善而固執之者也。」這裏所謂「誠」，正是誠於己、誠於言的一種固執，淮南子說：「誠心可以懷遠。」這正是喬林給他友人信中提及的對感情的固執，它是頑固得不能左右的，而一個有血性的人往往就是依賴這種固執而活著。

他詩中所說的固執，除了固執於一己的誠心，一己的愛，同時也是固執於自己的抉擇，正如存在主義者固執於自己的選擇一樣。「努力」讓它成一單行，具有兩種意義，其一是作名詞用，努力成為人生必經的過程，而且必須固執於自己的努力；其二是作動詞用，我們要努力高伸（昇），換句話說，一個人活著必須努力向上、向四方擴伸自己，一直到死。世間幾乎每一個人都是如此，必須為自己的活著而努力工作。由於每個人的努力成份不同，也就有了不同的成就的表現，同時由於每個努力的方向不同，也就有了不同的結果。

喬林這首詩所表現的，多少似嫌有點消極，他認為人生最後依然是一大空無，猶如一個人攀搭天梯，愈往上攀愈發現空無一物。

現在我們再來看看他的另一首詩〈破鞋〉：

路自你的面前走過
接踵的走過

戰爭終成為日子的形象
黑霧霧的。
路揹負著它行車
都成為匆匆
你的和老年人的
頭皮
假如灰塵是金黃的
稻穀
你坐著嗤吞
你睡著覆蓋　埋你成山
都不成為重要
路自你的面前走過
接踵的走過

讀這首詩的第一句就使我驟然想起古人的「人在橋上走／水流橋不流／人在橋下過／橋流水不流」的境界。喬林不寫鞋子被人穿著走過路，而寫路從鞋子面前走過，這就是他高明之處。

「戰爭終成為日子的形象」，在《七十年代詩選》中是「戰車」，不是「戰爭」，但戰車在這裏根本講不通，所以我擅自改戰「車」為戰「爭」。如果是戰爭，自然就較有詩意，這可能是暗示人生在漫長的日子裏，在一連串的掙扎、搏鬥。在他一生中可能要面臨到許許多多艱苦的奮鬥，但那些艱苦的奮鬥，終於成為歲月的軌跡，成為時間的一種狀貌而已。至於「黑霧霧的」，也許喬林在要求詞彙的創新，但用黑去形容霧並不恰當。第五句倒是很貼切，形容鞋子被路背負著走。

第二段中的「頭皮」太抽象，而且與破鞋也很難令人聯想在一起，「都成為匆匆」，雖然太概念化，但總算能讓人聯想到人生的腳步太匆忙等等。第三段中以金黃的稻穀去形容灰塵，亦似乎不太恰切。

最後一段重複路自破鞋面前走過，且接踵走過的意象，這是加強主題的意象語，在詩和音樂上都是經常出現的一種手法，而且效果極佳。

《基督的臉》是喬林最新的作品，寫作年代是自民國五十九年十一月至六十一年二月間完成的，全集共計四十首短詩。

喬林這次推出《基督的臉》，作了一次最大膽的嘗試，就是連同施善繼的解說一併對照刊出，猶如我們常在市面上看到的「中英對讀」一樣。我們暫且不去管他是為了什麼，但這種推出對許多誤解現代詩的人，多少具有一點說服力，至少可以幫助讀者去進入他的詩內世界。其實，這些詩不加任何的詮釋，也一樣能讓人看得懂。他以極其精簡的文字，經濟的辭彙，表現個人的單一思想、單一情感，而構成了單一結構，單一的意象。我們且看他〈流浪〉一詩。

一座小鎮過去
再一座小鎮
一個黃昏過去
再一個黃昏
何處有門扉
宿鳥一聲比一聲急促

遙遠的長路
變短路

沒有飽餐過戰爭的毀滅和死亡的威脅的人，對戰爭總會產生壯美的幻覺；沒有歷經過流浪的人，對流浪總富有一種幻美。但真正經歷過流浪之苦的人，都會為飄泊不定的生活，和天天不知夜宿何處的悲哀落淚。

據我所知喬林雖然沒有經歷戰爭的動亂，也沒有真正飽嚐過什麼大流浪生涯，但卻真正為了生活，為了工作，十多年來都始終流浪在「家」以外。大概是從高工畢業後，找到一份職業，而這份職業卻使他有家歸不得。他必須經常在荒山曠野，叢山峻嶺裏工作，他曾經在北部橫貫公路、南部橫貫公路工作，每一個地方都不會有太長的時間，於是，他總是給人一種不安定感，他自己也說：「將近十年的時間，我無一段日子是在家裏待過的，我的行蹤一直隨著工程所在地而遷移，因此我心上所積壓的鄉愁，已是夠厚夠厚的了。」

流浪與思鄉是二而一的事體，因為流浪，才會有鄉可思。在喬林的這本《基督的臉》裏，表現流浪生活的詩特別強烈，所以，有大半的詩是表現他的思鄉的情懷，那種濃稠的鄉愁，就像他自己的影子，一刻不離地緊隨他而飄蕩。就〈流浪〉這首詩的本身價值來說，並沒有特殊之處，前四行是「顯示流浪的疲乏和無可奈何」（蕭蕭語）。「何處有門扉／宿鳥一聲比一聲急促」這正顯示出流浪者渴望紮根的情懷，也正顯示詩人想家的心情，是那樣的急促。最後兩行，是這首詩中最美的創造，喬林運用矛盾語法，將流浪者的夢境展出，遙遠的長路驟然變短了。這有兩種可能，一種是真的不再流浪了，也許是回家，也許是找到了棲息或紮根的地方；一種可能就如施善繼所註釋的，「是一種不祥的徵兆」，結束了自己，永遠不再流浪了。

結束自己，對喬林來說，是不太可能的，他正在盛年，生命對他有無限的魅力。但結束流浪，踏上「歸途」是可能。現在我們就來看看他的〈歸途〉：

樹颺著風
我的腿趕著路
在家裏的妻可忙著什麼？
蒸年糕？

頭老留在家裏
腿老留在路上
樹老留在風中

在家裏的妻可忙著什麼？
在擦拭——
那年年擦年年增加的
石灰牆上的黑斑

——去舊

這首詩有兩大敗筆，第一段「在家裏的妻可忙著什麼？蒸年糕？」和最後一段整則詩都流於概念化的敘述。一首詩最怕的就是落入概念的呈述，那就與散文無異了。尤其這首詩的最後「去舊」兩字，用得毫無道理，是點明題意嗎？抑是另有企圖？

小詩的形式，在我國文學史上，遠在周代之前已非常流行，譬如詩經的形式，都算是小詩；在我國新文學史上，也曾經有過一段極其盛行的年代，那就是三十年代，很多詩人都曾經寫過小詩，如冰心、俞平伯、汪靜之、何植三、王統照、劉大白、鄭振鐸、葉紹鈞諸人。尤其是冰心的《繁星》和《春水》都是人人皆知的。小詩容易把握人類瞬息萬變的情緒，且能迅速呈現這種情緒的躍動，像心電圖上的紀錄，時時都可以紀錄個人的心臟跳動一樣，而小詩的效果亦復如此，足以呈現個人對世間的萬事萬物的剎間感受。喬林基於他個人生活的經驗，和幾近於漂泊的人生體認，時刻都在緊抓住他瞬息的感受和人生的體驗，而透過這簡潔的文字予以呈現出來，也許是他急於呈現這種感受和體驗的實錄，而文字的修飾和精鍊工夫就較為薄弱，甚至有些他根本不加修飾。

其次，在他詩中常隱潛著一種孤獨感，和一種被命運所操持的無奈，這種孤獨和無奈，都似乎過早降臨在他的身上，「我獨自的走在左右圍繞的雨中，走在左右圍繞的大理石碑中，走在左右圍繞的吶喊中。」存在主義者常常感到人類是生存在自己所設陷的圓中，自己衹能看顧自己，孤獨而無助。而喬林所表現的也正是這種無可逃遁的人的悲劇性，他孤獨地「走在左右圍繞著的自己中」。

——原載於一九七二年七月「自由青年」月刊五一五期

評喬林詩集《基督的臉》

陳鴻森

1

我們必已發現近兩三年來詩界的新傾向，即是對語言的覺醒和新形式的追求。這種新傾向的形式，同時也促使不少年青世代亢奮地，向著過去無詩學時候的昏暗展開理性的、嚴肅的批判，雖然這種覺醒和新的追求，並不曾以「運動」的姿勢或其他形式表現出來，但過去的作品，在今天確已十分地暴露其無力感。

每一時代的詩，最後必然會與當代的日用語言相融合，這是無可否認的事實。現時西方地下文學詩作口語的趨勢，由於對文明的憂慮、空間引起的畏怖感、自我個性的高度尊重和對傳統性激烈的反逆性格，普遍地在粗糙裡現出情緒性和不安定的特質，而適切地表現出現代人類精神受傷害的影像。語言實在以著極強大的力量，吸引當代人類的情感和精神的要素而成為其自身的活力啊。

可以說余光中的堅持、白荻的猛烈的改變，以及年青世代對過去詩的語言的傳達能量的懷疑，乃造成這種語言覺醒的主因。然而某些缺乏抵抗力的既成詩人，跟著也激動的改變了自己的面貌，加上了一群以自己能盲目地趕上流行而沾沾自喜的年青作者，使詩界不得不重新又要面對另一個危機。

其中具有真摯性的詩人，便必然要去尋找一個屬於自己的結構底方法論，來處理他的詩情和詩思，以造成他詩作的特性。這種方法論或許會帶來一向被詩所拒絕的技術性的色彩，然而這卻是從要求於忠實的自我表現之必需性，發源而來。方法論的關切和重視，將相關的造成對新形式的追求。

2

成立了約兩年的「龍族詩社」，其衝勁無疑是表現在其方法論的自我要求和詩的普遍性的關注上。作為龍族的主力投手的喬林，我們在凝視他的《基督的臉》之前，我想提起他早期的「狩獵」這首詩：

狩獵

花鹿矢跑過去。泰耶魯的青年矢跑過去。
黑瘦的高山狗矢跑過去。泰耶魯的青年矢跑過去。

我是一靜觀的杉樹。

花鹿慌奔過來。泰耶魯的青年慌奔過來。
黑瘦的高山狗慌奔過來。泰耶魯的青年慌奔過來。

杉樹凝視著我。

這首「狩獵」，用很簡單的構成法則，便把狩獵緊張的追逐（從杉樹的寧靜效果對比出來），弱小生命的悲哀表現無遺，而這看似單一的形式的秩序感，卻又含蘊不盡的情感組織的魅力。另一首〈夜談三則〉也同樣地顯示喬林對詩形式的追求底努力和能力。喬林能突破機械形式追求的束縛，進而卻從機械形式的效果捕捉上，同時得到有機形式的滿足。這種能力，在當時對詩的構成缺乏理性計算的背景，喬林被稱為「沒有秩序的投手」，毋寧說也是必然的。

3

出現於《基督的臉》這本詩集上的形式的魅力和表現上的技巧，無疑是喬林接受了林亨泰、白荻的「視覺性」詩方法的營養，而在漫長時間醞釀下，結合個人經驗、批判能力和激越的嘗試性底感情而形成的。我們翻看這本詩集的第一首詩，即可發覺喬林已進步的把「視覺性」的效果，升高到——不只表現「視」為目的——的新的世界了。

與親卿書

您寄了封信給我
我寄了封信給您
您寄給我

我寄給您
您寄
我寄

您
我

您既不能是幾張信紙
我也不能是幾張信紙

這首〈與親卿書〉，有趣地將分離的戀人的頻頻書信底往返情形予以新鮮性的表現。從「您寄了封信給我」、「您寄給我」、「您寄」而到第二節的「您／我」的句法底逐漸減短，可視為戀情的深濃和著信的長短正成反比狀態。「您／我」正是兩心相溶的時刻，已超越了書信裡語言所能傳達的極限，而自覺到「您既不能是幾張信紙」的苦悶。同時這種句法的逐漸減短，亦可暗示距離的遞減，到了「您／我」兩個體相接受時所獲得的喜悅，而反向過去的書信為表達愛意的形式底一種嘲弄。如此，喬林所負責的形式，委實已脫離由感官所喚起情緒的意義。

醉問

抬頭一個天空
低頭二個天空
杯裡一個世界
杯外二個世界

我只一個
卻需要二個
一個是我
一個面目全非

相對於溺醉的，唯有抱持現代宿命覺醒的人，才能見到「一個是我／一個面目全非」的自己吧。這醉毋寧說是隱藏在寫詩這種無償的行為裡。在這負數的世界，詩人是活在「真實的我」及「生活裡那凡俗化了的我」這二次元的對決點上的人。而追逐生活的那個我乃存在於：

整個人
就只剩下跫音
整天吧吱吧吱的
沒有一個可看讀的形象

生活的敗北感，源於對人性良知的執著。對這個世界底真實的愛，只是為別人照亮射殺自己的目標吧。而只有接受面目全非的傷，才看得見自己的臉啊。

臉

在此許多的人裡
我不能辨別他們的臉
同樣的一對眼睛

同樣的一張嘴
同樣的一叢髮

只有貪婪這字語
有著各種的形態與深淺
在晨起後梳洗的
一張張臉盆裡盪漾

從貪婪這種人性的弱點上，去認識人，這首〈臉〉的批判的機智，用嘲虐的表現而更顯示力量。從非詩的生活裡挖掘出來的詩，往往會在不覺間撞擊著我們，這種「看得見的詩」才是今天我們需要的詩。

4

喬林的詩作的特色，除了image的新鮮及隨時對新形式的關注外，在技巧上，他嘗用意象的疊影，來加強詩的感動強度。

疲倦了的人們

疲倦了的天空
只有一聲雁鳴
疲倦了的步履
只有一句跫音
疲倦了的人們
只有一張顏面

風颳著
只有一聲雁鳴
久不離去

透過了生的疲憊感的移情，那老天也裎露了那疲倦的姿勢，這空曠裡只迴響著一聲雁的悲鳴。這空曠裡的那追逐生活而又被生活追逐的人，只有一句沉重的腳步聲，不知要何去何從的腳（人），只有一張真實活過卻又叫人難過的臉。實質上，這聲雁鳴恐怕是內心的一種幽微的對生無奈的抗議聲吧。依附在天空的這聲雁鳴，由於結合了跫音、顏面這些形象而有意義化了，而擴展了我們對這聲雁的悲鳴的淒冷感覺，跫音、顏面也同樣於此獲得新的滿足。

然而，這種技巧由於一再的使用，似乎不能不對定型凝固的這種方法，感到將淪落於芥川龍之介所謂的「自動作品」的隱憂。人思考的慣性和隨性，是真實的詩底最大壓力，類型的感動將從新鮮而陳舊。在喬林這本《基督的臉》的後來底作品，有甚多只徒然地呈現詩的原型，而未以詩性的飛躍精神給予張力。

頭　顱

昨天是懷裡的頭顱
今天是塵灰的頭顱
明天是什麼的頭顱

昨天的頭顱還想著什麼
今天的頭顱還想著什麼
明天的頭顱還想著什麼

這首「頭顱」雖經施善繼用心的解說，但我猶未能從他那概念性的禁錮裡脫走出來而感到詩性的魅力，懷里的頭顱因何而成為塵灰的頭腦，並無一點暗示，而反覆問著那頭顱還在想著什麼的迷惑，便暴露了詩人精神不在家的哀弱。最後「懷里的頭顱」過渡到「還想著什麼」的這也只是一般性的追問，並不能令我們感到什麼詩的訝異。和這首〈頭顱〉孿生的〈腿〉以及〈路與腿〉、〈葉〉、〈孤雁〉、〈精緻的時刻〉、〈吾家〉等幾首，都犯了同樣的弊病。缺乏嚴肅的自我要求底任何技巧，反而是對自己的一種戕害。

5

任何一位詩人的意義與價值，都完成於他的最後一首詩上。這本《基督的臉》處處都有著喬林流浪跫音的回響，然而，我們所等待的卻是存在於喬林在經過諸般辛苦的追求與挑戰後的安定性上。我們將繼續等待。

——原載於一九七三年十二月《笠》詩刊第五十二期

初論喬林：基督的臉

溫任平

喬林，台灣基隆人，一九四三年生。著作（詩集）有《象徵集》、《煙的眼睛》、《精緻的喟嘆》及《布農族》，他的作品曾分別被選入《省籍作家選集》（文壇社）、《七十年代詩選》（大業書局）、《華麗島詩集》（日本若樹書局）、《現代詩人書簡集》（大業書局）及《心靈札記》（藍燈出版社），曾獲五十五年全國優秀青年詩人獎。詩作亦被譯為英日韓等國文字。

在自由中國詩壇，喬林是一個相當新的聲音。現代詩經過十多年的探索，許多跡象都顯示它已從蓄意的艱深回到自然的明朗。不但年青一代的詩人們有著這種傾向，就算前輩詩人們如余光中、葉珊等（葉珊年紀雖輕，可是就詩齡而言，卻儼然與瘂弦、余光中、羅門、洛夫同輩）在他們各自的近作中也表現了這種明朗近人的風格。這種趨向之逐漸形成一股詩的新潮流可說是對現代詩的艱深難懂的一種反動，也可以說是一種必然的現象。我們不必擔心現代詩會回到五四的老路，炒當年豆腐乾體的冷飯。《嘗試集》階段的淺易，是由於本身的淺薄，詩人於詩技巧近乎無知，只是把舊詩拉長縮短，換上幾個「的了呢嗎」另加一些白話的連接詞、介系詞、虛詞胡亂湊搭而成。那種「淺易」，更正確一些說，毋寧是「幼稚」。今日詩的明曉簡易，則是在控馭了詩的多項技巧，在掌握了運轉靈活的白活之後，企圖以簡御繁的一項嶄新的大膽的試驗，在年青一代的詩人群中，正方興未艾。在目下來斷定它的成就或得失似乎言之過早。必須在此指出的是，這試驗也不盡是成功的。詩作者在捨棄了典故，不憑據神話，不依靠冷澀的意象，企圖空手入白刃地去抓住詩核心，且提煉出詩素質上的濃度與密度時，他所面臨的困難也相應地增多了。就算是表現穩健的詩人，也很難說他的作品中不會出現敗筆，因為力求明朗，而陷入一覽無餘或平鋪直敘的空洞與蒼白中。

喬林，在這一群亟亟於試驗的詩人當中，可說是較少敗筆而且能塑造一己風格的一位。他的詩不單運用純粹口語般流暢的白話，而且往往能在三言兩語中，甚至表面平淡寡味的詩句中，忽然暗示了或顯現出一項沉重的形而上的焦慮，如〈燈芯〉：

野地裡
一間木屋
世界裡
一個人
長長的夜
短短的燈芯

野地的空漠荒寂，突出了木屋的孤立與無援。野地的曠闊與木屋的渺小成了極為強烈的對照：而這正是人在這世界中所置身的處境。人所扮演的只是那長長的黑夜中短短的燈芯，它的閃亮僅能維持一瞬，便告熄滅，讓黑暗重新佔據了全面。它的悲劇性建築在「那麼寬大陰森的黑暗，必須用微弱光亮的燈芯去象徵它永無休歇的兇殘。」（施善繼語）。夜的長長（無盡）是以燈芯的短短（匆促）來襯出的，燈芯其實只是一項犧牲品。詩人意識到「人」在偌大宇宙中所居的悲憫地位：他的渺小、微弱、無助。像這樣一個充滿哲學意味令人深思的主題，也許應該要用相當長的篇幅，相當繁複的意象，甚至必要時且需引玄學上的術語入詩以求成功的表現，可是喬林卻只用了幾個簡單的比喻，流暢而淺近的語句，而有力地托出了這個厚重嚴肅的哲學命題。筆者剛才提到喬林耽溺於一種「形而上的焦慮」，這在他近期詩中尤屬顯見。他一直為「人」在宇宙的處境、人生的標的、人生意義，縈縈於心，成了他苦惱的來源，切割他神經的一把利刃，所以他寫：

想出聲問我周遭的左邊的您是誰
想出聲問我周遭的右邊的您是誰
想出聲問我周遭的前邊的您是誰
想出聲問我周遭的後邊的您是誰

啊！我沒有出聲的發問
因我尚答不出我是誰

——〈我是誰〉

天空一天天的壓低下來
空氣一天天的沉重下來
衣物一天天的厚重下來
為了妥協的屈就有個軀體
我的背脊一天天彎曲下來

偷偷的低下頭來寫著自己的名字
不斷的寫著自己的名字
拼命的寫著自己的名字

——〈名字〉

喬林一直不斷提出一個固執的問題：「人」是甚麼？而他追索、尋問的結果，所得到的答案是痛苦的：

天地如一張白紙
白紙上只剩下；
一顆落日
一隻孤雁
一棵枯木
一個人

——〈孤雁〉

而這個孤苦（落日、孤雁、枯木均指向孤獨、遲暮與腐朽）的「人」，無論是「一千年前在京都林蔭道上」的那個人抑是「一千年後疲憊的躺在回家的巴士上」的那個人，他們的最終結局都是——

一個個的
從這門進來
從這門出去

喬林的焦慮，正如前面所述，是圍繞著「人的存在」這個中心點，從不同的角度不同的基礎去尋索、去發掘的。他有時企圖從發生在「人」之外事物及活動去反映人的本質，有時則努力內省，企求從不斷的自我觀照中去詮釋「人」的意義。〈燈芯〉〈孤雁〉等詩屬於前者，〈名字〉〈基督的臉〉則近乎後者。

或許我們可以這麼說，喬林最底層的悲哀源自他的「自我」與「肉身」之無法調和及共處，他的「自我」要求清醒的屹立、自在的舒展，苦苦地欲掙出肉體（皮囊）所纏繞成的繭，〈雨中行〉，詩最後兩行：

我獨自的
走在左右圍繞著的自己中

暴露了他的自我對肉身的反叛。但是自我在衝破了肉體這個牢籠之後，它的命運是必然孤絕的。喬林在這首詩中，一連兩次用了「我獨自的」，暗示了讀者他的此項機心。在《基督的臉》這本詩集中，我想讀者不難發覺喬林極大部份的詩作都直接或間接地觸及上述的命題——孤獨，人的孤獨的位置。

這種「自我」欲求掙出自身的局限的慾望，在〈溪〉一詩中處理的最為出色：

流不盡的水
想淨除什麼
想說出什麼
而又只能重複著一種流聲

想站起來
想挪開腳步
想朝天大聲怒吼

然而整個身體等於整張嘴的河床
卻愈來愈為之淤塞
只能

重複著
淌著一種流聲

在這首詩中，詩人自己已轉化為「溪」（溪水是流動的，與生命本質的流動有著某種相似性），溪水的不甘於「只能重複著一種流聲」，居然不自量力「想站起來」（海水是可以站起來的，浪濤澎湃時直似站起來一樣），異想天開到「想挪開腳步／想朝天大聲怒吼」，這都清楚地顯示了「自我」的不甘蟄伏，企圖有所作為，並且這些作為還是超過了「肉身」（溪水的體重）的能力所及的。故此，肉體的局限，自我那種力謀超越的慾望，是不調融、也是絕無可能調融的；自我對於肉身的厭惡、反叛、不滿雖不見諸文字，卻像「一個鬼魂在文字的欄外逡巡」（註一）。溪水最後當然無能突破它本身的重量外在限制，只能悲哀地「重複一種流聲」，無法改變現狀。這種情況，正是「在有限的格式中作無限的追求」（註二）所必然面對的挫敗，「自我」的掙扎雖然猛烈、執著結果仍歸徒勞，這種無奈與絕望，或者說，這種悲劇性的因子也就蘊蓄其中，形成了詩內裏的一股巨大張力。喬林的許多作品（詩作）都有意以這種悲劇感作為基礎，使他的詩——在文字表現上是淺白、明朗、簡潔的詩俱備了思想與主題的深度與背景。

喬林的詩除了圍繞著「人」與「人存在的理由與意義」這些包涵非常廣泛的題旨，也同時道出了他對生命過程中所體驗到無奈與幻滅感。他的許多詩中，曾不斷出現「路」、「腳」、「腿」、「跫音」、「鞋」、「家」等字眼，數量相當多的詩作（如〈人的形象〉、〈流浪〉、〈入松林〉、〈腿〉、〈路與腿〉等）幾乎都是同一主題的各式變奏罷了，而那主題是：不安與鄉愁。正如他自已在「印行小言」中所申訴的：「心上所積壓的鄉愁，已經是夠厚夠厚的了。」由於這些鄉愁的積壓吧，詩人甚至不惜放棄了詩意的經營，而迫切地道出了心聲：

我迫切須要停息下來
有個家
有個溫暖的家

這種直抒胸臆的寫法並不足取法，原因失之於「太露」。在詩中抒寫情緒是可以的，中國詩的傳統本來就是抒情詩的傳統，但是在詩中所流露的情緒，必定非詩人本來的原始感情，而是經過藝術處理的，像上述詩行所表露的感情狀態可以仍留於原始的粗糙，所以它比不上另一首詩（〈我家的燈〉）的含蓄感人，且收到近似李白「閨怨詩」那種不明說怨而怨已在字裏行間的類近效果，當然，喬林的詩不是處理深閨幽怨，而是寫對家的渴慕之情：

左邊一排燈，亮著一排人家
右邊一排燈，亮著一排人家
我走在街上
我家的燈
也在我望得太久
而模糊了的眼睛裡
亮著
在我模糊了的眼睛裡
亮著

由於喬林對「人」的存在與其意義的懷疑，「人」，對他而言，往往成了一個「沒有可看讀的形象」，他對「人」的信念所採的悲觀與虛無態度再加上他詩中的流浪悲愁灰鬱色彩，我甚至可以引用艾略特批評馬修・亞諾德（Mathew Arnold）的話：「他的調子經常帶後悔、信念的喪失、不安和鄉愁」（註三），以形容並且概括喬詩的基本格調。

就技巧而言，喬林常用重複的語句，來加強字義本身的力量和視覺上的厚重感。就以〈我家的燈〉一詩而論，「而模糊了的眼睛裡／亮著」的複述，一方面是配合詩的題旨（對家的盼望之極度殷切），另一方面就是為了加強「字義本身的力量和視覺上的厚重感」。這種複述的方法在喬詩中比比皆是，已經成為他詩中最顯眼的特徵。當然這種詞句的複疊法，如果在每一首詩中都照用無誤，是極易流於機械化與公式化的，何況有些詩所處理的情境、旨意有時是根本不適於複述語句的呢，於是喬林便把這方法（技巧）加以變化，而成了

有隻孤雁在落日前盤旋
有棵枯槁的樹在爪下盤旋

有顆心在枝椏間盤旋
有個人在心的周圍盤旋

——〈孤雁〉第一節

您的眼珠裏有一句話
我的眼珠裏有一句話
您想說出那句話
我也想說出那句話

您等著
我等著

啊！在這失去語言的時候
我們緊緊的互抓著雙手
痛苦的時候

——〈等待語言〉

在〈孤雁〉首節中他四次重複了「盤旋」這個動詞，在〈等待語言〉中，他一再複述了「一句話」（後來又為「那句話」），而有異於〈我家的燈〉那樣的一整句的複述。詩論家蕭蕭在〈從《基督的臉》看現代詩的當前趨勢〉，一文中指出這是「節奏安排的需要」（註四），認為「語勢的貫串和秩序的流動，有時也依賴相等句式推進」（註五），這種看法是正確的。必須指出的是：這種技巧並非喬林所發明，遠在春秋時代，我國的第一部詩的總集《詩經》，便曾大量運用到複疊，如小雅鹿鳴第三章中的「呦呦鹿鳴，食野之芩。我有嘉賓，鼓瑟鼓琴。鼓瑟鼓琴，和樂且湛。我有旨酒，以燕樂嘉賓之心」，又如小雅六月：「四牡脩顒，其大有顒。薄伐玁狁，以奏膚公。有嚴有翼，共武之服。共武之服，以定王國。」魏晉時代曹孟德對這種複疊手法最是偏愛，而同一個時期的陸機在他的十首〈百年歌〉中，其中六首便是運用複疊技巧，錄一首以供參照：「五十時／荷旄使節鎮邦家／鼓鍾嘈囋趙女歌／羅衣綷粲金翠華／言笑雅無相經過／／清酒將炙奈樂何／清酒將炙奈樂何」及至唐宋詞，李清照、溫庭筠、晏樂道、蘇軾、史達祖、柳永都作過這方面的嘗試，且收到增強韻致的效果，最膾炙人口的大概要算辛棄疾的〈醜如兒〉了：「少年不識愁滋味／愛上層樓／／愛上層樓／為賦新詞強說愁／／如今識得愁滋味／欲語還休／／卻道天涼好箇秋」及至元代的戲曲，為了配曲，疊句複語的例子真是俯拾皆是，不勝枚舉，茲舉二例：

依舊的水湧山疊，依舊的水湧山疊。好一個年少的周郎，　在何處也，不覺灰飛煙滅。

——關漢卿：〈關羽單刀會〉

〔玉桂枝〕外問天何意，黯三光日淡紅旗，把烽煙吹滿人間，這望中原做了黃沙片地，猛沖冠怒起。是誰弄的，江山如是？……

——湯顯祖：〈牡丹亭〉

從上述這些例子，我們幾乎能得到一項極其有助於我們的研究之歷史透視，就是複疊的技巧在中國詩裏的使用由來已久；韻文的形式雖然在不同的面貌出現，可複疊卻一直是韻文創作的各門技巧中的一門要訣。尤有進者，我們發覺，愈接近音樂（音樂性愈高）的韻文形式，則複疊的運用愈繁，也愈成功。在此應該特別一提疊體詩，疊體詩雖說平仄相間、韻律極嚴，可是那卻是外在的音樂繩規，並非語言的流動節奏。再加上絕律字數有一定限制，不便歌詠，內在的音樂性反而較薄弱，所以複疊手法的運用比較罕見，不似詞曲，長短相間，便於奏樂伴唱，於是疊句之運用乃成一大特色；而詞曲相較，則以曲尤甚。喬林的詩所運用複疊手法，除了筆者前面所述是為了加強字義本身的力量和視覺上的厚重感以及配合詩的旨意之需要外，最重要的，就是他蓄意要為他的看來平白、簡易、明朗，甚至深淺的白話詩謀求一種結構——美學的結構。剛才我論及喬詩具備了思想的深度，但是主題——或者是觀念，本質仍是非詩的，因為詩並非哲學論文——強悍的思想與觀念仍需要一個系統把它適如其份地包羅。我的結論是：喬林的詩，並非如外表看來那麼簡單，它不單有它的思想厚度，並且，最重要的是它有其秩序的樑柱維持整個思想的大廈。他的詩是以複疊手法所造成的音樂感與民謠風來構成他詩中的秩序。

但是，喬林的詩的缺失幾乎與他的優點一樣的多。《基督的臉》一書的全部四十首詩作都是十行左右的短詩，它們自然不是新藝拉瑪特大型寬銀幕，只是卓別林時代的小型黑白片。我們雖不致因黑白片的寒酸，而卑視卓別林的藝術，不過它本身製作上的多種侷限是不言可喻的。喬林的詩只是即興小品，充其量只是富於思想內涵，兼具藝術構架的即興小品，它離開grand poetry那種體大思想的境界，實在太遠。《基督的臉》所收的詩作都不是處心積慮的苦心經營，喬林不會因吟成一個字，而撚斷數根鬚。他的詩只是在他流浪的日子中隨想式的抒寫，他抒寫的固然是「靈魂內奧裏的東西」（見印行小言），但是像這樣深沉的根源自靈魂並在其中潛藏、隱伏、蠢動的「東西」，許多時候是並非可由一兩個語句的複疊所能震盪出它敲擊心魄的力道，更絕非一兩個比喻可鯨吞、包括與收羅。喬林在什麼時候才能跳出他自己的小圈子呢？

現在讓我們來看喬林的語言與意象。喬詩當中不少是以賦出發，平鋪直敘，開門見山的陳述，使他的詩缺乏魅力，味之如同嚼蠟。前面提及的「我迫切須要停息下來／有個家／有個溫暖的家」就是喬詩中直陳的例子。喬林有些不僅以賦出發，也以賦結束，中間簡直沒有一點變化，如〈吾家〉一詩：

去年離家時
我家在山坡地
門前幾棵樹
樹前一條山路

今年離家時
我家在平地
屋前就是屋
屋前就是屋

明年離家時
我家在山坡地
門前幾棵樹
樹前一條小路

至於他的意象，也往往淺薄，缺乏變化與迴轉，不夠濃縮。《基督的臉》一書共收入三百九十八行詩，在這近四百行詩作中，我們找不到一個晶瑩可喜的意象。我們有理由懷疑喬林作為一個詩人的聯想力。他雖然看出一件事物的共通處與相似點，卻不能夠透視事物間那種曖昧的連繫與相關性。例如〈葉〉：

前天太陽升起時
是一新發的稚芽
昨天太陽升起時
是一硬挺的青綠
今天太陽升起時
是一枯黃的落意

這樣的直接明喻，這樣張口見喉的「比」，是令人非常失望的。大概喬林以為：「比」也者甲物比乙物也，除此無他，於是把「前天太陽升起時」拿來比擬是「一新發的稚芽」，中間絕不加轉折迴旋，造成了詩意的稀薄。筆者這兒所謂有轉折迴旋的明喻，乃是一種跡近暗喻的技巧，茲舉一些範例以說明：

我們蒼白的臉色如刀
為千歲的死亡切著生日蛋糕

——王潤華：〈公墓〉

而我便是一個陳列的人
是陳列且在責與非責之間

——鄭愁予：〈靜物〉

王潤華和愁予的詩行與喬林的〈葉〉兩相比較，前者的內涵豐盈和轉折與後者的率直寡味成了很鮮明的對照，藝術處理的高下也截然可分。

前面筆者曾以相當多的篇幅來引證我的一個觀點：「喬林的詩是以複疊手法所造成的音樂感與民謠風來構成他詩中的秩序與結構的」，我想就這一基點再仔細研究一下喬林在運用上述手法（技巧）時究竟獲得多大的成功。的確，由於喬詩的思想性再加上上述內在結構的統攝，看平易淺白喬詩是在美學的基礎上站起來了。不過，站起來是站起來，穩固不穩固又是另一回事。瑞安曾指出：「複疊是喬林了不起的長處，但也是他的致命的罩門。（七二年七月二日信），這是很中肯的見解。複疊雖說成就了喬詩所謂的結構秩序，卻失之於不是用得太濫，便是用得不夠靈活。他和其他以民謠風與節奏感取勝的詩人，如余光中來比較，就顯出其功力不逮，如果我說這是因為「薑是老的辣」，我想港台、星馬的時論家、詩評人都會群起圍剿我，可能比在《中國現代文學大系》（巨人出版社印行）的詩序上寫：「他們將以全新的美學觀點和形式來取代我們今天流行的詩。他們是誰？……他們決不是今天詩壇上年輕的一代。」的洛夫處境更為尷尬。無論是那一種文學形式的批評，都要有批評原理為後盾，而「薑是老的辣」說甚麼都稱不上是那門子「原理」。不過，如果我們不站在原理的立場而以常識的眼光來看，余光中之遠勝喬林（就複疊技巧來說）可能真的由於他是老薑的原故。凡是任何技巧都是愈練愈熟，進而熟能生巧、事半功倍的；複疊亦不例外。余光中開始洋意到運用複疊是在他的《蓮的聯想》時期，但那只是淺嘗；《五陵少年》時期複疊愈繁富；《在冷戰的時代》、《敲打樂》時期已漸漸成了他的風格；而他現階段的試驗如〈民歌手〉〈車過枋寮〉複疊且寖寖乎成了他的詩舉重的骨幹，筆者甚至懷疑如果余光中不以複疊作為他詩中跳動的脈搏，他的搖滾樂理論是否可應用到現代詩裏去。他的複疊不止反覆吟詠，且變化多端。在《蓮的聯想》的〈遙〉最後兩節為：

我們已戀愛，我們已戀愛，甄甄
這是地上的新聞，天上的

蒼老的故事，說我們已戀愛，在魏宮，在漢代
在鳳凰台，在灩澦堆

在更遙更遠的古代。那時盤古尚未醒來
尚未睡去。霧更濃，星更稀，你的睫影
翳然欲闔攏。秋更深，夜更深
我臂上的睡蓮睡意何深深

所用的複疊已不拘泥於某句或某行，甚至一個單子，一個副詞也在複疊的安排下顯出了特殊的意義與助長了整首詩的音樂感，如「更稀」、「更濃」、「更深」所用的「更」這個副詞便是一個例子。《五陵少年》詩集開首的兩首詩，第一首複疊了「坐看雲起時」一句，且拉長縮短為「看雲起時」，「坐看雲起」，「雲起時」，這是一種匠心獨運的複疊，有變化有轉折的複疊，能夠運用自如，隨心所欲的複疊。第二首〈敬禮，海盜旗〉，首句「呼嘯而來／呼嘯而去的我們」一直不斷出現各詩節中，居然成了最能應合詩中欲表現之粗豪概的motif。這種造詣都不是喬林在《基督的臉》中。

離去的落葉
摯愛的落葉
緘默的落葉
心臟的落葉
溫柔的落葉
刀片的落葉
鐵錘的落葉
淚光的落葉

那種單調的複疊所能比擬的。這絕不是惡意的以喬詩的下駟來比余詩的上駟。就算在前面所引的一些較佳的詩作中，我們仍不難看出喬林的複疊在技巧運用上的近乎千篇一律，呆板平凡，缺乏變化。坦白的說，喬林這方面的手法，功力還屬「嫩薑」。由於是「嫩薑」，可以預見的喬林會在不斷的試驗中求進步改善，期更錯綜更靈活的表現。沒有一個詩作者不在不斷自我砥勵中，才能把技巧磨鍊得更圓熟，更能與內容配合無間的。

本文只是就喬林《基督的臉》作了上述的初步論析。筆者沒有參照他的其他詩集如《象徵集》、《煙的眼睛》、《精緻的喟嘆》、《布農族》等，故此，能夠用在喬林的評語只適合用在「基督的臉」階段的喬林，與餘者無關。本文在某一意義上只是關於一個詩人的創作斷代史，指出他在那個時期的成就與疵病。它是論者進入喬林詩中世界的收獲，能夠把自己的收獲告訴別人是一件愉快的事。如果它能夠多少有助於別的詩讀者進行鑑賞品味，對我而言那便是意外的驚喜了。

註一：引自葉維廉著《現象．經驗．表現》（文星叢刊二七六，文藝書屋出版）內的一篇論文〈弦裏弦外〉，頁六十八。

註二：引自顏元叔著〈「有限」與「無限」〉，純文學月刊第三十一期，頁三。顏先生給悲劇的界說如下：

「我以為悲劇的起因是這樣的：當一個人在有限的格式中，作無限的追求時，他便為自己製造了悲劇。所謂「有限的格式」是指一切外在的因子所構成的格局—也可說是環境，也可說是悲劇人物的外在世界。這世界是有限的：它阻礙悲劇人物之意志的自由發展。所謂「無限的追求」是指悲劇人物，憑藉其意志的充沛與堅強，要求實現全部之意志。換言之，悲劇人物的企圖是無限度要求自我意志之伸張。但是，外在世界總是有限的，悲劇人物的無限意志便與它衝突起來，結果總是悲劇人物被擊敗了。」

註三：原句為〃His tone is always of tegtet, of faith, instability, nostalgia,〃T. S. Eliot, The Use of Poety and the Use of Ctiticism: Studies in the relation of Ctiticism to Poetty in England（London: Fabet and Fabet, 1933），P.107。文中的中文句子乃引自杜國清譯《詩的效用與批評的效用》（純文學叢書四十五），頁一二四。

註四：引自蕭蕭著：〈代序：《基督的臉》看現代詩的當前趨勢〉。本文亦曾刊載於「影響」第二期。原句為「節奏安排的需要，句式重疊，可以迴旋同一樂律，因篇章短小，並不覺其單調。」複疊是為了節奏安排的需要，其理至明。不過蕭蕭先生認為複疊乃因篇章短小，不覺其單調此點，筆者倒持相反的看法。照我看來，一篇長詩比一首短詩更需要用到複疊，使焦點較易集中。短詩因篇幅小，焦點本就比較凝聚，不似長詩那般游移，就算整篇都不用複疊，亦不致如何單調；倒是在短詩中大量使用複疊不知收束，如〈落葉〉也者，才是真個單調乏味。

由於蕭蕭先生的此項論點後半段與筆者見解頗有歧異，故不在文內全部引出。

——原載於香港第六十八期「純文學雙月刊」，一九七二年「幼獅文藝」

基督的臉

林鍾隆

《基督的臉》是喬林新出版的一本詩集，這是一本很特殊的詩集。我從沒見過這樣的詩集。全書四十首詩，每一首詩的下欄都附有解說，解說部分是詩人施善繼先生做的。

現代詩令人不解，有了解說相隨，對不解的人，是莫大的幫助，所以，一向讀不懂現代詩的人，也可以讀這本詩集，因為施善繼的解說，可以給讀者相當的暗示。

談到解說，難免有限制了詩的含義的危險，如對〈燈芯〉一首的解說。我的感覺和施先生的感覺就不大一樣。詩是這樣的：

野地裏
一間木屋
世界裏
一個人

長長的夜
短短的燈芯

施先生說：「『野地裏』，那樣一個空曠的敻遠，就會顯得茫無所措，無邊無際的殘垠，你如何摸索？『大漠孤煙直』當然是好的，但既生為人，『人間性』一點總比較好吧？這樣便必須配『一間小本屋』，小小的就可以了。同理，一旦將『世界裏』的世界清除得無一人，那種寂寥若無辰星的幻境，想不是我們所願經歷的，矛盾就矛盾在此，當加入『一個人』時，『世界裏』顯得生動了，可是『人』是有從何而來，將何而往的苦痛的。『長長的夜，短短的燈芯』，同理，那麼寬大陰森的黑暗，必須用微弱光亮的燈芯去象徵它永無休歇的兇殘。」

施先生在此寫出了他個人讀了這首詩後的感覺，和他對這首詩的推想。我則認為「野地裏」「世界裏」「長長的夜」是一組，「一間木屋」「一個人」「短短的燈芯」又是一組，兩組形成對比，前者是廣大、無垠、無限，後者是渺小，可憐而短暫，這是對人生的一種深沉的感觸。儘管野地裏只有一間木屋，世界裏只有一個人，仍舊要生活，要奮鬥，燈芯雖短，必須燃燒它，去照亮黑暗的長夜。施先生的是比較消極的體會，我的則傾向於積極的認識。但是，這並不意味我認為施先生不對，他的感覺，可以供我參考，讓我知道，別人有另一種感覺，使對該詩多一層的認識。所以，不要說解說會限制詩意，對有自見的人，仍可提供不同認識的參考，可以促使自己做比較的思考。

我不曉得施先生在解說之前，或解說之後，有沒有請作者表示意見，我看過一些年輕人的詩，有少許詩作，讀者的了解，和作者的本意，會有些許出入，有的是因表現效果欠佳，作者的深意，從字面上不可感受，有的是作品可有多感性所致。如果解說與作者原意有出入的，作者也出來不客氣的表示意見，讓讀者去比較體會，是很有意義的。

這本書的第二個特色，是屬於內容，詩材、詩意方面的，從詩的內容來看，這本詩集是「現代」的，四十首詩中，絕大部分都是寫的「現代人」的「現代感受」，所謂「現代詩」，不應只是「現代人」作的詩，而應是有現代感覺和現代技巧的詩。關於這兩項，這本詩集都可以說是具備了。請看看〈空氣〉這一首：

左右都是人
前後都是人

也來也往全是人

我要吸的那口空氣
給擠到左邊又到右邊
給擠到前邊又到後邊
我只剩下那口空氣

而誰知道我吸的那口空氣
而誰知道我只剩下那口空氣
前後左右都是人
全是人

這是人口壓力造成的侷迫感，二次大戰之前，是不會有這種感覺的。全書充滿了這種現代人的生活氣息，不是新瓶裝舊酒，這是我們所渴望讀到，也是現代人所當努力的。

至於現代技巧，是從那兒感覺到的呢？因為我從頭讀到尾，深深地感到，作者喬林寫作的方式，不是傳統的，我不知道用什麼方法來形容他的寫作方式，如〈路與腿〉這一首：

一條路就是一條長長的路
二條腿就是二條短短的腿

路是靜的
腿是動的

路是安心的
腿是操心的

粗看，作者使用的方法，從文字的排列看，應是對比的，從詩意的表現看，應是象徵的，可是，只有這樣了解，總是不足，它不是如此傳統的，有一種非傳統的感覺，因為作者不是描寫的，不是敘述的，他使用文字，不是使文字發生「傳達」的功效，用「傳達」來看他的文字，是拙劣的，我不知道如何來形容他使用文字的方法，想了好久，總算找到一種說明的方法。我覺得，作者不是用文字寫，而是用文字「畫」，他只畫出幾個線條，顏色，圖樣，至於它們代表什麼意義，則要讀者自己去感受，去思考，他的詩，要求讀者大量的想像，所以，我說，他作詩的方法，是現代繪畫的方法。我想，這可以算是「現代」的一種技巧，如果欣賞這一點，我們對他的詩在文辭上的撲拙，也就可以不太計較了。

在這本集子裏的四十首詩中，文字上比較傳統，而又含有深潛之意的，我想是〈蠟燭〉：

一隻蠟燭在我的內裏燃燒著
夜也和我一樣淒黑孤零嗎？
我在夜的內裏燃熾著
而夜在哪個字眼裏燃熾呢？

蠟淚燙熱的滴在夜的心臟上
我的心臟也燙熱的滴著蠟淚嗎？

我的手無法撫摸那燙傷
夜的手也無法撫摸那燙傷

第一行，是說的心中的一個意志，一股熱忱，為奮鬥而閃亮的生命的火（花）。第二行是暗示「燃燒」的目的——為了驅除黑暗。那比喻，不說「我和夜一樣」而說「夜和我一樣」，扭曲得頗巧，這樣還使一二行形成對比——前句主角是我，後者則轉為夜。第三句的「夜」，應是代表「黑暗」的形容詞。第四行的詰問，是在暗示，每一種事物，都是在為某種目的「燃燒」自己。第五句的是一種比喻的「比」，意在出下一句，有這一比，下一句的想像就很實在了。這一句，也在告訴我們，生命燃燒的一種耗損，是令人戰慄的一種痛苦的想像。末兩行的前行在說我，後行不一定說夜，而是指我以外的一切事物。至於「我的手無法撫摸那燙傷」的意思，我認為定不只一層，我想對那種生命燃燒帶來的耗損與傷痛的無可奈何，是一層，那痛苦之嚴重，令人不敢摸觸，又是一層，意味那種傷痛，耗損是不可知的，又是一層，也許還有別的層面，但我一時覺察不到它。由以上的了解，知道這首詩，展示給我們的對人生的感受，是十分深刻，很值得品味的。

雖然我在上面說過，作者驅遣文字，不是把它當文字用，而是把它當顏料和畫筆來塗抹，作者只在顯示意象不注意文字上的優美，可是讀者和評說的人，往往有一種奇特的心理或要求：作者有意不看重的，或不把它放在心上的，我們偏愛計較，我非聖人，也難免此病。如〈與親卿書〉。

您寄了封信給我
我寄了封信給您
您寄給我
我寄給您

您寄
我寄

您
我

您既不能是幾張信紙
我也不能是幾張信紙

讀了這首詩，這一對夫婦或情感的情侶的追程，可以靠文字而想像出鮮明的意象，可是難免貪求，若文字也和意象一樣鮮美，不是更好嗎？

——原載於一九七四年四月「台灣文藝」四十三期

喬林印象小記*

張默

十五年前，筆者在《七十年代詩選》的小評中曾經指出：「喬林的詩完全是屬於他自己的創造，不講求固定的旋律與和聲，他想到什麼就表現什麼，在那看似沒有秩序的音符裡，在那清清淺淺的字語裡，在那尚未完全馴服的意象裡，他的衝向詩壇的速力是相當驚人的」。之後他出版了詩集《基督的臉》，收入的全是不超過廿行的短詩。詩評家蕭蕭評說此集：「語言明亮，詩篇簡短，喬林最好的節奏，大部分來自『語句重複』」。我以為這些見解都十分中肯。

無疑的，現代詩在台灣發展了卅多年，語言運用仍是一大難題，喬林是從「晦澀」到「明朗」之路的見證者之一，由於他用語清明，構思靈巧，節奏輕舒，致使一度被譏

* 五家詩人的短評，依來稿順序刊出

的「晦澀」之病，在喬林身上業已開出一些新的花朵。我們讀喬林的詩，他的語句看似十分清淺，實則深富「詩趣」與「詩味」。詩寫得清淺，雖就難在有無「趣」與「味」這一點上。

喬林的詩是他自己經過多年營建所創造的調子，他非常適合這種調子，他應該執著地堅持下去，別人千萬不宜模仿，各人善用自己語言的優點，抒寫自己最熟悉的事物，努力經營你自己獨特的「詩趣」與「詩味」。

總之，詩人以完整鮮活的詩篇來詮釋語言，比什麼都來得重要。千萬不要再以一己對語言偏狹的觀念，來丈量所有的詩人。

桓　夫

等待語言

您的眼珠裏有一句話
我的眼珠裏有一句話

您想說出那句話
我想說出那句話

您等著
我等著

啊！在這失去語言的時候
我們緊緊的互抓著雙手
痛苦的時候

這是喬林的作品，發表在七十年十二月出版《亞洲現代詩集》以「愛」為主題的第一集，形成有其特殊性格存在的愛情詩，令人喜愛。

喬林的愛情不是有黏性的濃墨水，濃的分不開。而是屬於清淡的，含意著深長的愛脈，給人難忘的愛情，要挖也挖不盡。

等待語言，只是在等待而已，並不期盼聽到實質上的聲音。

你我的眼睛裏，都各有一句話，這一句話是甚麼？不必等到作者的說明，也會知道這一句話的屬性，『甜或鹹』都無所謂；但你和我想要說出的，確實是同樣的一句話。

如果這一句話是「我愛你……」，你和我是還在初戀的階段。

如果這一句話是「我要……」，那麼你我的血液正不斷地在逆流。

如果這一句話是「可以嗎……」，你我已經過了頂峰，心情都安靜。

如果這一句話是「你為什麼不……」，你和我已經知道該互相安慰的時候了。

或許這一句話是「你不該……」，就應該互為有所反省與警惕。

或許這一句話是「你應該……」，你和我就早越過同甘共苦的境界了。

其實，無論任何語言，這一句話都不必講出口。只要我知道你想說，你知道我想說，一直看著你的眼珠轉動，而你等著，我也等著，等著明明知道不必講出口的一句話，仍然在等著，好像覺得所有的語言都失去了。都一剎那，像得到了什麼啟示似的，你我都恍然大悟；就緊緊的互抓著雙手，甚至擁抱起來，沒有比這一時刻，更有「幸福感」的時候了吧。

喬林生於一九四三年。早期參與藍星詩刊，寫新古典美的詩。後參加「笠詩刊」為同仁，開始用口語寫寫實作風的詩。後來腳癢，脫離笠詩刊參與龍族詩社，並被派去國外工作數年。因龍族一族失散，一時斷了詩作，近年又在笠及其他詩刊，發表其精練而具原始幽默感的作品。喬林該算是老一輩的中堅詩人，在本土詩壇放光的一顆異數的星球。

羅門

喬林是一位觀察力頗為深入與銳利的年輕詩人，他大多以冷靜的知性，穿透一首詩中多元次景物之核點，然後謀求彼此間嚴緊的關連發展，嗣後進入思想與精神活動的主軸，去帶動整首詩朝向最終的企向與意圖前進。

他的詩較偏向冷歛與壓縮性的感覺，有點近似加克美蒂的雕塑味道，迫認人存在的實感性。語言與技巧的運用，也均帶有現代感，如能在題材與心境的幅面上，予以拓寬，在語言的「彈性」與「動能」上，加以注意，料必有更好的表現。

向明

喬林的詩從早期那種過份自信的駕馭文字，以致純粹得讓人進入都困難的作品，至《布農族》為止的那些詩，都沒讓我有太深的記憶。但是《基督的臉》是一種三百六十度的大轉變，從此便給與了我一種印象，喬林已經找到了他自己的路，建立了他自己的風格，就憑他從那麼繁複崎嶇的迷亂中，能有勇氣，有辨識力跨入清明之境，就足以顯示他非一個泛泛之輩。但是《基督的臉》中那些過多的相似重複的句子，使我相信喬林決不能就是這個樣子，這種表現法祇不過是他轉變後的一個過程，他應當還會繼續走得更廣、更遠。果然到了《文具群》這一輯詩，他就老練得揮灑自如了。記得他曾在龍族詩刊上寫過一篇題為〈僅止於想想〉的諷刺文章，表示他雖也懂得像某些詩人一樣，以企業化的經營來使自己詩名遠播，但僅止於想想而已，從來不屑付諸實施。然而在真正詩的追求上，他是一個實行家，決不止於想想而已。

陳寧貴

喬林的詩的特色可用八字形容：乾淨俐落，含蘊無窮。在國內的眾多詩人中，詩能寫得如此境界的不多。

許多人為「感覺」寫詩，並無可厚非，問題是「感覺」的本身是抽象的，如何將此抽象顯現為具象，對詩人的創作是一大考驗。可惜的是：台灣大部分詩人都將抽象的

「感覺」再加上抽象的「表現」，結果把詩弄得伸手不見五指般一片漆黑，使得讀者想登堂入室，卻門都沒有。

這是台灣現代詩發展中的「癌」，搞得青年詩人談「癌」色變，一般的讀者自然退避三舍了。

喬林的詩正是治此癌的特效藥，我們讀他的詩可以發現，他絕不用抽象的文字製造詩的髒亂，也絕不用晦澀來掩飾自己詩才的羞澀，（這是台灣詩人的慣技！）他的詩總是那麼乾淨俐落，寫如此的詩在台灣需要多大的勇氣、才情和堅持？更可貴的是，喬林的詩於乾淨俐落之餘不失無窮含蘊之味。

我們需要這樣的詩！當台灣詩人迷失自我玩弄文字遊戲時，喬林早已有所警覺，不掉入那個陷阱，果然不錯，現代詩發展迄今，由於青年詩人的接棒，已有所轉機，明朗已經取代了晦澀，真實取代了虛偽，——這種詩風顯然延續了喬林早期對詩的認知和堅持，或許台灣的詩從此將展現新的生機。

——原載於一九八二年十二月「詩人坊」詩刊第二期

喬林的詩〈醉問〉

涂靜怡

喬林的詩，凡喜愛新詩的朋友對它都不會陌生。最近我讀他剛出版的詩集《基督的臉》。覺得他的詩有兩種特色，其一是易懂，詩中很少用生澀的文字，讀者有一種親切感。其二，我發現他寫詩很喜歡用重疊或對比的句子。〈醉問〉一詩便是如此，而且用得很好，自然而妥切，沒有一點雕鑿的痕跡，或是使人有催眠的感覺，簡捷明快，似淺而實深，耐人尋味：

抬頭一個天空
低頭二個天空
杯裡一個世界
杯外二個世界

我只一個
卻需要二個
一個是我
一個面目全非

題為「醉問」，我卻能清晰的讀出他「清醒」的思想，他剖析當前人們處世的態度和某些為人的哲理，雖具諷刺性，卻也溫柔敦厚，確是佳構。

詩，是詩人思想的表露，在作者的思想領域裏，他覺得置身在這個花花世界，每天所看到的，所接觸的，不管是人或事，因為每一個人的環境不同，地位不同，有時候為了某種因素，不得不去和那些來自各階層的人接觸，也不得不為了適應環境的需要，而暫時「忘我」，去「扮演」不屬於真正的「我」的角色來應付環境。但儘管如此，「我」的本性是存在的，所以作者說：「我」只一個，雖「需要」扮為二個，但除了真正的「我」之外，另一個我是「面目全非」的。於是天空也有二個，抬頭看的和低頭想的截然不同的。而杯裡和杯外當然也是另一個景象了。

喬林的詩就是這樣，令你越咀嚼越有味。以前有人以「似淺而實熱，易懂而耐讀」為新詩創作上的理想標的。上面這首詩，我想是頗符合這個要求的，不知讀者們是否也有同感。

—原載於民國六十二年十月二十日「秋水」詩刊第一期

小詩選讀：〈我家的燈〉

張默

左邊一排燈，亮著一排人家
右邊一排燈，亮著一排人家
我走在街上

我家的燈
也在我望得太久
而模糊了的眼睛
亮著

在我模糊了的眼睛裡
亮著

——選自《亞洲現代詩集》第一集，白荻、陳千武等編，日本東京現代詩工房，一九八一年十二月出版

詩人喬林，本名周瑞麟，民國三十二（一九四三）年出生，台灣基隆人，中國市政專校畢業。民國六十年三月，他與辛牧、林煥彰、蕭蕭、蘇紹連等詩友，發起籌組龍族詩社，出版「龍族」詩刊，幹得有聲有色，著有詩集《基督的臉》，現任職榮民工程處。

喬林自「龍族」休刊後。也曾一度停筆，前年六月。他在「笠」第一〇九期發表的〈連載戰事〉，又使他復活了，茲引該詩一節如下——

此刻躺在我腳邊的
是昨日吹號要我們衝鋒的人
號角已不知飛到那裏去
嘴唇緊緊的吻著泥土
昨日炮聲硝煙掩蓋的天空
雨已刷洗過

風在這兒停息止步
看我緩慢的移動皮靴……

作者日常讀報紙看電視，使他對世界大事瞭如指掌，而戰爭仍在各地區零星的展開。詩人透過一己犀利的觀察，把戰爭景像如風景片一樣，一幕一幕在自己的眼前演出，十分逼真而又蒼涼。

基本上，喬林也是一個實驗主義者，他的詩風也經歷好幾次的變動，從早期的抒情、中期的新形式的塑造，再到近期對現實深切的關注。不論如何遞變，他都不放棄詩中應有的藝術性。

〈我家的燈〉，是他一系列實驗新形式作品之一，喜用重疊句是本詩的特色，作者非為重疊而重疊，而是為經營詩的藝術氣息而重疊。

實際上，如把詩本拆開，祇有「一排燈，一排人家，我走在街上，在我模糊了的眼睛裏，亮著」這幾個斷句。第一段是「近景」，左右一排燈，各有一排人家。第二段是「遠景」，不期然地由身邊左右的燈，想到自己溫暖的家，但是他還不能回去，祇在「模糊的眼睛裏亮著」，那情景多麼黯然神傷！第三段作者又重複第二段最末一句話，以此更加重他想家的意念。願這盞小小的「藝術之燈」，永遠亮在讀者的心裏。

——民國七十三年三月四日「春秋」副刊

附記：喬林的小詩，也許可用「語句明亮，語勢直接」（蕭蕭語）來形容，他從現實中挖掘礦源，形之於筆墨的雖嫌語言平白，但卻意蘊無窮。除〈我家的燈〉之外，尚有下列諸首，以供讀者參閱。

·〈與親卿書〉（十行）
·〈落葉〉（十行）
·〈基督的臉〉（十行）
·〈燈芯〉（六行）
·〈精緻的時刻〉（八行）

——見《基督的臉》詩集，林白出版社·六十一年出版

——摘錄自《小詩選讀》爾雅出版社一九八七年五月出版

現代詩導讀：〈雨中行〉

無數的雨在地面冒起
無數的大理石碑在地面排列
無數的聲音自地面喚出

我獨自的
走在左右圍繞的雨中
走在左右圍繞的大理石碑中
走在左右圍繞的吶喚中

我獨自的
走在左右圍繞著的自己中

蕭蕭

喬林早期的詩曾經迷失在晦澀的字語中，但民國六十年以後的詩卻有大幅度的改變，形成喬林的主要特色的，就是這種改變後的風格：

第一，語言完全口語化，淺的，通俗，諸如「老天，算帳吧！」這裏的口語都已進入喬林的詩中。不忌淺俗，是喬林的第一個特色。

第二，句式不忌重複，即使是最簡單的句子，喬林仍然重複使用，一段三句，都採用同一句式，這種情形，幾乎每首詩都出現過，本書引錄的〈雨中行〉即是兩種句式的重複。

第三，喬林的題材不離現實，不離生活，絕無玄想怪談。這種題材的堅持，是喬林詩的最大特色。

綜合以上三點，可以看出喬林的詩是當時以意象繁複為藝術之至上主義者的反動。語言的淺白化，單調化，題材的現實化、生活化，顯示了這種反動的積極性，較諸唐朝的白居易的文章歌詩應為「時事」而作的見解，更見徹底。就喬林而言，他曾經有深密的語字試煉，周全呼應認知，因此，即使平凡淺白，也不會使他詩的結構鬆懈，這是一般社會寫實的詩人所不能達及而又不可忽略的。喬林的詩甚至於影響了後來鄉土詩的出現，但鄉土詩的鬆懈，則與日俱非矣！

〈雨行中〉是喬林詩的一個抽樣，篇章短小，每首不過三段，每段不過四行，但威力頗大。

首段三句，句式相同：「無數的……在地面……」。因為重複而使「無數」的感覺更為加強，第一句「無數的雨在地面冒起」，雨應是從天而下，這裡說是從地面冒起，顯示了兩種可能，一是雨已經下了很久，地面積水很多，新來的雨點落在水中冒起漣漪，二是我低頭趕路，只見雨水從地面冒起，這兩種可能對於後面各句的理解很有助益。第二句是「無數的大理石碑在地面排列」，那麼，我走過的地方正是墳地，有無數的人先我而去了。第三句：「無數的聲音自地面喚出」，什麼樣的聲音呢？求救？無告？歎息？雨聲？詩中不曾明言，但絕非愉悅的聲音，是可以感覺出來的。

第二段四句，其實可說是三句，句式相同：「走在左右圍繞的……中」。句子的重複使得獨自的「我」更為渺小，我在圍繞之中，我在圍繞之中，層層圍繞下，我是渺小的。這三句又是承前段意象而來，記得前段的「無數」吧！在「無數」的「圍繞」中，外力的龐大，龐大的壓力，因為句子的重複，好像無可避免。

最後一段，兩行，將前面的三種壓力壓為一行，成為不可逃避的「自己」，我獨自的走在左右圍繞著的自己中，所有外在的壓力至此已成為與「身」俱來的內在壓力，此中焦灼，不言自明。

喬林的功力，在同輩詩人中獨樹一幟。

——摘錄自《現代詩導讀》故鄉出版社一九七九年十一月出版

笠詩人作品選讀：〈空氣〉

莫渝

左右都是人
前後都是人
也來也往全是人

我要吸的那口空氣
給擠到左邊，又到右邊
給擠到前邊，又到後邊
我只剩下那口空氣

而誰知道我吸的那口空氣
而誰知道我只剩下那口空氣

前後左右都是人
全是人

欣賞導讀

本詩選自詩集《基督的臉》，為一九七一年作品。

美國經濟學家馬爾薩斯（一七六六—一八三四）在《人口理論》（一七九八年）書中，認為人口增加的速度將超過糧食供給，除非人類控制生育，否則必發生戰爭或疾病以減少之。二十世紀初，人口快速成長，此理論再度受到注意，當前地球近六十億（本詩寫於七〇年代，約四十億），每年以大約百分之一（稍弱些）的成長率，持續增加，人口爆炸自然是嚴肅又嚴重的地球問題。

空氣、陽光與水是地球生物生存的必要條件，千萬年前以來，這些生存的條件並未增多，倒是人口呈現飽和、爆炸現象。本詩作者從擁擠的都會叢林，提出空氣遭瓜分的有趣畫面。作者用幽默調侃的語氣，先從人群講起：前後左右來來往往都是人，人佔滿了空間，原有的空氣相對減少。第二段，原本我可以隨時任意吸納的空氣，因為人的流動，一下子擠到左邊、右邊，一下子擠到前邊、後面，「我」勢必要跟著流動、乞討。第三段，很無奈的嘆氣，由於「前後左右都是人／全是人」，因而沒有誰知道我的空氣在哪裏。

末尾一行「全是人」，充滿無限的唏噓。有人開玩笑說：病危的人需要氧氣筒，離開地表的太空人與潛水夫一樣需要。也許未來地球的每個人（其他生物可能死亡了）都要背著氧氣筒才能活動，屆時，氧氣的來源就屬問號了。

這首詩文詞單調，藉組合的變化，產生戲謔卻引人思考生存的問題。

要讀詩05　PG0937

要有光
FIAT LUX

基督的臉
——喬林詩集

作　　者	喬　林
責任編輯	蔡曉雯
圖文排版	詹凱倫
封面設計	陳佩蓉
出版策劃	要有光
製作發行	秀威資訊科技股份有限公司 114 台北市內湖區瑞光路76巷65號1樓 電話：+886-2-2796-3638　傳真：+886-2-2796-1377 服務信箱：service@showwe.com.tw http://www.showwe.com.tw
郵政劃撥	19563868　戶名：秀威資訊科技股份有限公司
展售門市	國家書店【松江門市】 104 台北市中山區松江路209號1樓 電話：+886-2-2518-0207　傳真：+886-2-2518-0778
網路訂購	秀威網路書店：http://www.bodbooks.com.tw 國家網路書店：http://www.govbooks.com.tw
法律顧問	毛國樑　律師
總 經 銷	易可數位行銷股份有限公司 地址：231新北市新店區寶橋路235巷6弄3號5樓 電話：+886-2-8911-0825　傳真：+886-2-8911-0801 e-mail：book-info@ecorebooks.com 易可部落格：http://ecorebooks.pixnet.net/blog
出版日期	2013年9月　BOD一版
定　　價	220元

Printed in Taiwan

國家圖書館出版品預行編目

基督的臉：喬林詩集 / 喬林著. -- 一版. -- 臺北市：要有光, 2013. 09
面；　公分. -- (要讀詩；PG0937)
BOD版
ISBN 978-986-89852-0-9 (平裝)

851.486　　102015942

讀者回函卡

感謝您購買本書，為提升服務品質，請填妥以下資料，將讀者回函卡直接寄回或傳真本公司，收到您的寶貴意見後，我們會收藏記錄及檢討，謝謝！

如您需要了解本公司最新出版書目、購書優惠或企劃活動，歡迎您上網查詢或下載相關資料：http:// www.showwe.com.tw

您購買的書名：______________________________

出生日期：________年________月________日

學歷：□高中（含）以下　□大專　□研究所（含）以上

職業：□製造業　□金融業　□資訊業　□軍警　□傳播業　□自由業

　　　□服務業　□公務員　□教職　□學生　□家管　□其它____

購書地點：□網路書店　□實體書店　□書展　□郵購　□贈閱　□其他

您從何得知本書的消息？

□網路書店　□實體書店　□網路搜尋　□電子報　□書訊　□雜誌

□傳播媒體　□親友推薦　□網站推薦　□部落格　□其他________

您對本書的評價：（請填代號　1.非常滿意　2.滿意　3.尚可　4.再改進）

封面設計____　版面編排____　內容____　文／譯筆____　價格____

讀完書後您覺得：

□很有收穫　□有收穫　□收穫不多　□沒收穫

對我們的建議：______________________________

____

____

____

請貼
郵票

11466
台北市內湖區瑞光路 76 巷 65 號 1 樓
秀威資訊科技股份有限公司 收
BOD 數位出版事業部

....

（請沿線對折寄回，謝謝！）

姓　名：________________ 年齡：________ 性別：□女 □男

郵遞區號：□□□□□

地　址：____

聯絡電話：(日) ________________ (夜) ________________

E-mail：____